봉 태 규

우리 모두에게는 충만한
마음이 있다고 생각합니다.
아끼지 말고 마음껏 씁시다.

괜찮은 어른이 되고 싶어서

괜찮은
어른이
되고
싶어서

봉태규 에세이

더퀘스트

차례

노력하는 인간이 되고 싶어서

곁에 있는 존재가 되고 싶어서

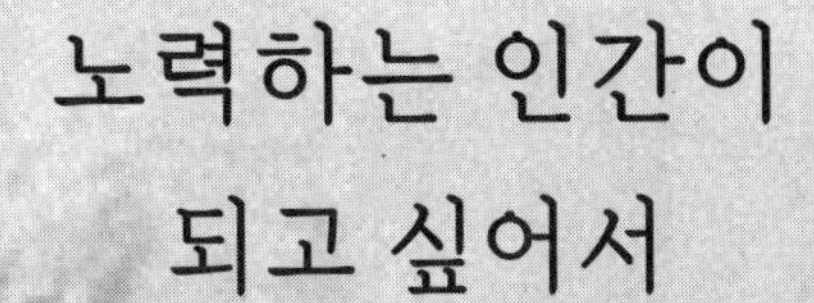

노력하는 인간이 되고 싶어서

별을 지나 빛이 되었다

그녀에게 나이는 묻지 않았다. 한 사람을 파악하는 데에 물리적인 시간이 그리 중요치 않다는 걸 깨닫고 난 뒤부터는 특별한 경우가 아니면 만나는 사람의 나이를 묻지 않게 되었다. 그녀는 결혼을 했고 자식이 있었다. 남자아이였다. 아픈 곳 없이 무탈하게 잘 자라주었다고 한다. 성인이 되기까지 좀처럼 속 썩이는 법이 없었고, 이런저런 아르바이트도 열심히 하며 남들처럼 취업도 했다. 태안에 있는 화력발전소의 시설을 관리하는 일이었다. 사회생활을 위해 미리 마련해둔 근사한 양복 한 벌을 입고서 엄마에게 쑥스럽게 뽐내기도 했단다.

아들이 하는 일은 한 사람이 감당하기에는 만만치 않은 노동 강도였지만 젊음을 무기 삼아 잘 버텨냈다. 정해진 노동시간이 지켜지지 않아도 개의치 않았다. 사회생활이라는 게 원래 약간은 불합리하다는 걸 어디선가 들어봤기에 대수롭지 않게 생각했다. 자신에게 던져진 만만치 않은 업무를 감당하던 어느 날, 아들은 컨베이어 벨트에 몸이 끼어 죽고 말았다. 당시 스물네 살이었던 그 아이의 이름은 '김용균' 이다.

아들을 잃은 그녀의 마음이 어떨지 감히 헤아릴 수 없다. 지금 내 옆에 있는 두 아이가 잠깐이라도 위험한 순간을 경험한다고 상상하면 가슴이 철렁 내려앉고 마는데, 죽는다는 건 도저히 상상하기가 어렵다. 그녀는 정신을 차려야 했다. 아들을 그렇게 만든 책임자를 찾아야 했다. 아들의 회사를 찾아갔지만 소용없었다. 누군가는 아들의 죽음에 책임을 지고 가족에게 사과해야 한다고 생각했지만 책임지는 사람이 없었다. 심지어 용균이가 죽은 그날, 다른 직원에게 사고가 났던 컨베이어 벨트 점검을 지시했다고 한다.

처음 취직했다는 소식을 들었을 때 비록 하청 업체 비

정규직이라도 본인이 열심히 일하면 먹고사는 데는 지장이 없을 테니 다행이라 생각했다. 어차피 세상 사람 모두가 일을 해야 하고 돈을 벌어야 한다. 아들인 용균이도 사회 구성원으로서 응당 가져야 할 의무와 책임이라 생각하고 일했다. 그렇지만 사고로 죽은 동료의 시신이 수습된 지 불과 몇 시간 만에 인력을 투입하는 그 회사에서 제일 중요한 건, 사람이 아니라 돈이었다. '잘' 먹고 '잘' 살기 위한 돈.

그녀는 가만히 있을 수 없었다. 용균이의 동료들을 만나 증언을 듣고 자료를 수집하기 시작했다. 보통 사람, 보통 아줌마인 그녀에게 무언가에 앞장선다는 건 두려운 일이었다. 하지만 아들의 동료들을 만난 후에는 사고를 용균이만의 문제로 볼 수 없었다. 엄습하는 두려움에 더 큰 용기로 맞서는 투사가 된 그녀를 도와주는 사람들이 하나둘 생겨났다.

용균이가 처참한 모습으로 죽은 지 일 년이 훌쩍 지났다. 처음으로 사람들 앞에서 마이크를 잡고 연설도

해보았고, 나랏일 하는 높으신 분들을 만나서 부탁도 해보았다. 텔레비전 뉴스에 출연해 온 마음을 다해 호소하기도 했다. 하지만 달라지는 건 아무것도 없었다. 사람이 죽으면 별이 되어 세상을 비춘다고들 말한다. 아들 용균이도 하늘의 별이 되어 반짝거리고 있을까? 밤하늘을 수놓는 별빛이 실은 몇 억 년 전에 소멸된 행성에 불과하듯, 용균이를 향한 그녀의 마음이 누군가에게는 이미 사라져버린 먼 과거처럼 비칠 수도 있다. 더 이상 말해봐야 소용없다고 할 수도 있다.

작은 인연이 닿아 그녀와 한 식사 자리에서 만났다. 용균이에게 일어난 일에 관심을 기울이는 나에게 그녀는 걱정을 내비치며 되레 나를 안심시킨다. 그녀는 별을 지나 빛이 되어 그 누구보다 반짝반짝 빛나고 있었다.

※ 2018년 12월 11일 태안화력발전소에서 일하다 컨베이어 벨트에 끼여 목숨을 잃은 비정규직 노동자 고(故) 김용균 씨. 그의 외로운 죽음으로 '일하다 죽지 않을 권리'와 산재 책임을 사측에 정확하게 물을 수 있는 중대재해처벌법 일명 '김용균법'이 제정되었다. 하지만 김용균 씨의 죽음에 대한 책임과 명확

한 진실을 규명하기 위한 재판에서는 정작 '김용균법'이 적용되지 않아 1심과 2심에서 실형을 선고받은 사람은 아무도 없었다. 그의 어머니 김미숙 씨는 오늘도 맨 앞에 서서 가장 큰 목소리로 '일하다 죽지 않게, 차별받지 않게'를 외치며 노동자를 대변하고 있다.

우리는 서로에게

가까이 알고 지내는 한 친구가 있다. 키가 굉장히 크고, 어딜 가나 눈에 띌 수밖에 없는 시원시원한 이목구비의 소유자인 A. 보는 사람의 기분까지 절로 좋아지게 만드는 밝은 인상에 운동으로 다져진 탄탄한 몸매까지 갖춘 A는 옷 입는 센스마저 뛰어나다. 가끔씩 그에게 패션 조언을 구할 때마다 내가 생각지도 못한 감각에 감탄과 호들갑을 감추기 어려울 정도다.

A를 처음 알게 된 시기는 내가 몹시 힘든 시간을 통과하고 있던 때였다. 그래서였을까. 나는 알게 모르게 A에게 많이 의지하며 지냈다. 평소 잘 웃고 유머감각이 뛰어난 그의 밝은 성격이 나는 참 좋았다. 기분이 우울하거나 속상한 일이 있으면 A와 잠깐이라도 통화를 하거

나 만나서 긍정적인 기운을 얻으려 했고, 눈치 빠른 A는 매번 과하다 싶을 만큼 자신의 에너지를 쏟아가며 나의 결핍을 채워주었다. 이렇게까지 나에게 집중하고 나의 감정을 돌보아주는 존재가 있다는 사실이 너무나 든든한 나머지, 괜히 어깨가 으쓱 올라가기도 했다.

어느 날 A에게 전화가 왔다. 여느 때와 같이 일상적인 이야기를 이어가던 중, 불쑥 할 얘기가 있다며 A가 대화를 일시 정지시켰다. 몇 초간의 침묵이 흘렀다. 무슨 일이냐고 내가 조심스레 먼저 물었고, 그제서야 겨우 입을 떼는 소리가 핸드폰 너머로 들려왔다. 그리고 이어지는 뜻밖의 고백.

"나 게이야. 이미 알고 있을 것 같았지만, 그래도 내가 꼭 먼저 말해야 한다고 생각했어."

그러면서 본격적인 커밍아웃은 아니니 나만 알고 있으면 좋겠다는 당부를 남겼다. 어떤 말을 해야 할지, 나는 그 짧은 시간 동안 많이 고민했다. A의 예상대로 나는 그의 성 정체성에 대해 어느 정도 짐작하고 있었다. 특정 행동이나 모습 때문이 아니라, 가까운 사이가 되어가는 과정에서 자연스럽게 인지했던 것 같다.

이윽고 나는 이렇게 답했다.

"정말 멋있는 사람이구나, 너. 원래도 멋있다고 생각했는데 정말 더 멋있는 사람이었네!"

고맙다는 짧은 인사를 끝으로, 우리는 평상시처럼 다른 이야기들로 대화를 이어갔다. 이후로도 우리 사이는 커밍아웃 이전과 어느 것 하나 달라지지 않았다. 다만 한 가지, 이전에는 좀처럼 느껴지지 않았던 그의 번뇌와 쓸쓸함과 외로움이 보이기 시작했다. 그러나 A에게 단 한 번도 내색하지는 않았다. 나의 섣부른 판단과 어설픈 해법이 그에게 괜한 생채기를 낼 수도 있는 일이니까.

대신 이제는 내 이야기를 하기보다, 그 친구의 이야기를 듣는 경우가 훨씬 더 많아졌다. A는 누구에게나 털어놓지는 못할 속내를 내게는 꺼내 들려주었고, 나는 그저 시간을 들여 정성껏 경청했다. 지난날 A가 내게 그래주었듯이 말이다. 다양한 감정을 여러 겹 나누는 사이 우리 관계 역시 한층 더 단단해졌고, 서로의 삶에 대해 더 많은 걸 이해할 수 있게 되었다.

나의 두 번째 책인《우리 가족은 꽤나 진지합니다》출간 직후, 독자들과 직접 대면해 대화를 나누는 자리가 있었다. 미리 받은 질문지를 무작위로 선택해 답을 해야 했는데, 마침 이런 질문이 쓰인 쪽지를 뽑게 되었다.

'만약 작가님의 자녀가 본인이 성소수자임을 고백한다면 어떻게 하실 건가요?'

나는 그 어느 때보다도 신중하게 답하고 싶었고, 문득 A가 떠올랐다. 그에게 했던 말과 미처 하지 못했던 말, 이제라도 전하고 싶은 말과 마음들이 뒤엉키기 시작했다. 그 복잡다단한 감정의 형상이 뚜렷해질 즈음, 나는 다시 마이크를 잡았다.

"우선 안아줄 것 같아요. 스스로의 존재를 이 세상이 정해 놓은 기준과 사회적 잣대로 휘두르고 쳐내는 동안 혼자서 얼마나 많이 외롭고 힘들었을까요? 그러니 다 괜찮다고, 그저 따뜻하게 안아주고 싶어요. 아이가 느꼈을 공포감과 외로움에 대한 껴안음, 아이가 외친 용기가 헛되지 않도록 제가 보여줘야 할 예의라고 생각해요."

A와 쌓아온 긴밀한 관계 속에서 이 생각은 더욱 확고해졌다. 그가 내게 내어준 마음을, 내가 그에게 내어준 마음을 새삼스레 더듬어본다. 그리고 여전히 좋은 친구로 지내고 있을 우리의 내일을 본다. 모든 감정과 다가오는 고난을 온전히 혼자 감당하기엔 조금 벅찬 날들에, 우리는 늘 그랬듯 서로에게 기꺼이 곁을 내어줄 것이다.

₩1,000,000

스무 살에 사회생활을 시작했다. 우연히 길거리에서 캐스팅되어 영화에 출연하게 되었는데, 저예산 영화라 개런티가 크지는 않았다. 하지만 이제 막 고등학교를 졸업한 나에게는 꽤나 두둑한 목돈처럼 느껴졌다. 당시 우리 집은 어마어마한 채무에 시달리고 있었으므로 나의 첫 개런티는 자연스럽게 빚 갚는 데에 쓰였다. 그 뒤로도 꾸준히 연기를 하며 계약서에 사인을 하고 출연료를 받았지만 집안의 빚은 좀처럼 해결될 기미가 보이지 않았고, 나는 돈을 버는 족족 채무를 변제하기 바빴다.

그러는 동안 억울하다는 생각은 별로 없었다. 내가 더 잘 된다면, 소위 뜨는 연예인이 된다면 빚도 해결할 수 있고 나도 사고 싶은 걸 마음대로 살 수 있으니 얼마나 좋을까 하는 바람만 점점 더 커졌을 뿐. 일어나지도 않은 일들을 상상하며 혼자 좋아하다가도 금세 팍팍한 현실이 피부로 다가와 실망하기를 반복했다. 가끔은 큰 빚을 진 부모님이 원망스럽기도 했다. 왜 이런 상황을 만들었는지, 왜 내가 참고 견뎌야만 하는지…. 먹고 살기 위해 어쩔 수 없는 선택이었다는 걸 머리로는 알면서도 어느 순간 울컥, 마음이 힘들어졌다. 나는 그럴 때마다 갖고 싶은 물건들을 떠올렸다.

'나이키 에어맥스 97이 새로 나왔던데. 깔별로 다 사고 싶다! 거평프레야 6층에서 보니깐 리바이스 엔지니어드진이 새로 나왔던데 그것도 사고 싶고…. 아! 정말 100만 원어치만 쇼핑할 수 있다면 너무 좋겠다. 내가 갖고 싶은 것 다 사고도 돈이 남겠지. 아… 정말 너무 좋겠다….'

수입이 있지만 스스로를 위해서 쓸 수는 없었던 내가 유일하게 위안을 얻는 순간이었다. 그리고 왜인지, 이상하게 '100만 원'이라는 단위에 유독 집착을 했다. 무언가 사고 싶을 때면 무조건 100만 원이 자동으로 머릿속에 입력됐는데, 딱 그만큼만 쇼핑에 쓸 수 있다면 나의 물욕이 한 방에 해결될 것 같은 기분이 들었다.

영화에만 출연하고 있던 어느 날, 한 캐스팅 디렉터가 내게 드라마 출연을 제의했다. 평소 나를 눈여겨봤다면서 아주 작은 역할이긴 하지만 내게 딱 어울리는 역할이니 본인의 제안을 거절하지 말아달라고 했다. 집에서 찬찬히 대본을 읽어보았다. 정말 작디작은 역할이었다. 물론 내가 주인공 역할을 하고 있던 때는 아니지만, 그동안 출연했던 작품을 통틀어서도 가장 작은 역할이었다. 시놉시스에 적힌 역할 설명도 딱 한 줄이 전부였다. '여주인공의 동생, 허영심 많고 사고뭉치.'

주변 사람들은 하나같이 출연하지 않는 게 좋을 것 같다고 얘기했다. 그 이유도 모두 똑같았는데, 조만간 내가 출연한 영화가 개봉할 텐데 굳이 이렇게 작은 역할로 이미지만 소모할 필요가 없다는 것이었다. 당시 개봉 예정인 영화는 《바람난 가족》이었다. 극중 나의 비중도 상당했고, 무엇보다 업계에서 신뢰받는 제작사와 연출자가 참여한 작품이라 여러모로 큰 기대를 받고 있었다.

남들이 건넨 조언이나 의견은 가만 생각할수록 다 맞는 말이었다. 나 역시 작은 역할을 부러 하고 싶지는 않았다. 하지만 그때 당시 나는 정말 돈이 없었다. 《바람난 가족》을 마지막으로 섭외 요청이 한참 없어서 몇 개월 동안 백수로 지내고 있었던 데다, 영화 개봉도 여러 가지 사정으로 늦춰지고 있었기 때문이다. 갈수록 더 초조하고 가난해지던 나로서는 선택의 여지가 없었다. 매니저에게 전화를 걸어 드라마에 출연하겠다고 했다. 전 회차를 통틀어 몇 신 나오지 않아서 대본 리딩 때마다 가만히 앉아 다른 사람의 연기를 보고 듣는 시간이 대부분이었다. 그때 이런 생각을 했다. 이제 곧 출연료가 입금될 테니 안심이다, 이번에는 빚을 다 갚고 딱 100만 원만 쓸 수 있으면 좋겠다….

100만 원을 향한 절실함이 통했던 모양인지, 아주 작은 역할로 출연했던 《옥탑방 고양이》로 나는 소위 말하는 유명한 연예인이 되었다. 전혀 기대하지 못했던 성공이었기에 스스로도 얼떨떨했다. 마침 《바람난 가족》도 드라마 종영 직후 극장에 걸리게 되었다. 유명세를 얻는 기회가 연이어 주어졌고, 덕분에 집안의 빚을 갚고도 오로지 나를 위해 쓸 수 있는 여윳돈까지 생길 만큼 사정이 나아졌다. 나는 큰맘 먹고 은행으로 가 100만 원을 인출했다. 그러고는 곧장 압구정 갤러리아 백화점으로 달려갔다. 구찌 매장에 들어가서 로고가 큼지막하게 새겨진 벨트를 하나 구매했다. 60만 원이 금세 사라졌다. 다음에는 4층으로 올라가 아르마니익스체인지에서 바지 하나와 반팔 티셔츠를 구입했다. 만 원짜리 100장이 순식간에 휘발됐다.

태어나서 써본 가장 큰 단위의 돈을 가장 빠르게 써버린 나는 터질 것 같은 심장을 부여잡고 근처 아파트 단지 내 한적한 곳으로 가서 떨리는 손으로 담배에 불을 붙였다. 깊게 한 모금을 들이마시고 안정을 취하려 했던 나는 한쪽 손에 들린 쇼핑백을 보고는 왈칵 눈물을 쏟아냈다.

힘들 때마다 위안을 주었던 100만 원의 꿈이 마침내 이뤄져서 기뻐서였을까? 아니면 막상 이루고 나니 너무 허무해서였을까? 그렇게 한참을 선 채로 울었다.

지금, 꿈을 꿉니다

80년대는 홍콩 영화의 붐이었다. 독창적인 스타일의 느와르 영화로 전성기를 구가했다. 우리나라도 그 영향력 안에 있었는데, 대표적인 작품이《영웅본색》이었다. 적룡, 장국영, 주윤발 주연의 이 영화는 홍콩 느와르의 전성기를 알리는 작품이었다. 이전에는 볼 수 없었던 화려한 연출과 액션으로 아시아 관객들을 단번에 사로잡았다.

특히 양손에 권총을 쥐고 액션을 펼친 주윤발의 인기는 상상을 초월할 정도였다. 그는 영화에서 항상 성냥개비 하나를 질겅질겅 씹고 있는데 당시《영웅본색》을 관람한 대부분 남성들의 입에도 성냥개비가 물려 있었다. 주윤발의 또 다른 트레이드마크는 길게 늘어진 트렌치코트였는데 이것 또한 엄청난 유행을 일으키며 한여름에도 롱 트렌치코트를 입고 다니는 기현상을 만들어냈다. 재미있는 사실은 주윤발은 주인공으로 캐스팅된 것이 아니었지만, 막상 영화가 공개되자 주인공이었던 적룡을 압도하는 매력과 연기로 관객들의 시선을 모두 가져갔다는 점이다. 이후 만들어진 《영웅본색》 시리즈에는 당연히 주윤발이 주인공으로 캐스팅되었고, 우리는 주윤발이라는 배우를 빼놓고는 《영웅본색》을 떠올릴 수 없게 되었다.

그토록 아시아 전역에 영향력을 행사하던 홍콩 영화는 빠른 속도로 그 힘을 잃게 된다. 좋은 작품들이 간간이 나왔지만 느와르를 표방하는 《영웅본색》 유의 자기복제 영화들이 무분별하게 만들어지면서 홍콩 영화는 어느 순간 식상하고 지겨운 영화로 인식되어 관객들의 외면을 피할 수 없게 되었다.

어디서 본 듯한 작품들만 만들어지고 있던 어느 날, 《예스 마담》이라는 작품이 등장한다. 여성 캐릭터를 전면에 내세운 이 작품은 열혈 여형사가 거대한 범죄조직을 일망타진해버린다는 마초적인 액션영화의 전형성을 그대로 가져온 스토리라인이었지만, 주연배우 양자경의 액션과 연기는 놀라운 새로움을 만들어내는 데 성공한다. 무용을 전공한 양자경이 보여주는 액션은 굵지만 굉장히 예리한 선을 가지고 있었고, 이전까지 답습하던 남성 위주의 액션과는 전혀 다른 압도적인 타격감을 선사했다.

《예스 마담》은 엄청난 흥행을 일으키고 양자경은 이 한 편의 영화로 일약 스타로 등극한다. 얼마 지나지 않아 결혼과 은퇴를 발표해 팬들의 아쉬움을 사게 되지만 짧은 결혼 생활을 마치고 이혼 후 다시 배우로 복귀하면서 양자경은 성룡과 함께 《폴리스 스토리》에 출연한다. 공백기가 무색할 정도로 그녀는 복귀작에서 안정적인 연기와 매력을 보여주었고, 제일 잘 나가던 양자경의 모습으로 돌아온다.

할리우드 또한 홍콩 영화를 사랑했다. 《영웅본색》을

연출했던 오우삼과 서극은 본국에서의 커리어만으로 할리우드에 진출했고 그들과 함께 영화를 촬영했던 배우들도 하나둘 진출하기 시작했다. 놀라운 변화의 시작이었지만, 당사자들에게는 무척이나 어려운 시간을 감내하고 통과해야 하는 경험이었다. 1997년에 아시아계 최초의 본드걸이 되었던 양자경조차 한 인터뷰에서 "한 순간에 소수자가 되는 경험을 하게 되었다"라며 미국에서의 활동이 쉽지 않았음을 토로한 적이 있다. 당시 TV나 할리우드 영화에서 아시아계 배우를 찾긴 힘들었다. 설령 출연한다고 해도 대부분 스테레오타입으로, 세탁소집 주인이거나 차이나타운에 사는 역할이었다고 했다. 이는 생소하거나 낯선 모습이 아니다. 내가 어릴 때 보았던 대부분의 할리우드 영화에서 아시아인은 슈퍼마켓을 하거나 세탁소를 운영하고 있었고 드물게 식당을 하는 정도였다. 우리나라에서 제작하는 드라마나 영화에서도 아메리칸드림을 외치는 이민자가 비슷한 모습으로 그려지고 있었다.

시간이 흐르고 90년대 후반부터 시작된 한국 영화의

좋은 흐름이 이어졌고 미국에 진출하는 연출자들도 등장했다. 2020년에는 우리나라 작품이 아카데미 시상식에서 작품상을 받는 경사가 생겨났고 2021년에는 윤여정 배우가 여우조연상을 수상하셨다. 이 뚜렷한 흐름은 이전부터 차근차근 찍어온 점과 점들이 이어져 마침내 선을 이룬 결과라 생각한다. 홍콩 영화의 부흥, 그 이전에 아시아 영화의 지형을 열어준 일본 영화, 발리우드라 불리는 독특한 스타일의 인도 영화, 이안 감독을 배출한 대만 영화, 다양한 자국 영화들이 만들어지고 있는 동남아시아 영화들까지. 이런 모든 것들이 하나의 흐름을 만들고 지금의 현상을 만들었다. 다양한 목소리들이 내는 다채로운 색채에 보다 많은 사람들이 주목하기 시작한 것이다.

양자경 배우는 어느 인터뷰에서 드디어 마블 영화에도 아시아계 슈퍼 히어로가 생겨서 기쁘다고 했다. 마블의 세계관이 어떤 기준이 될 수는 없지만, 현재 시장에 가장 민감하게 반응한다는 마블 스튜디오에서 아시아 영화의 시장성을 발견하고 인정했다는 사실은 아무래도 기분이 좋은 소식이다. 서구 문화와 시선이 절대적인 시절이 있었다. 그때는 우리의 고유성을 지우고 서구적인 문화를 흡수하기 바빴던 모습이 부지기수였다.

이제는 내가 머무는 곳에서 나로 존재하여도 뭇사람에게 새로운 지평을 선사할 수 있다. 어릴 때는 유라시아 대륙을 잇는 횡단 열차가 있어야만 가능한 일이라 생각했고, 사방이 막힌 우리나라에서 세계를 외친다는 건 일종의 정치적인 구호라고 의심하던 시절도 있었다. 지금은 같은 대륙에 있는 많은 사람이 선로를 만들어준 느낌이 든다. 보편적이고 거시적인 친절을 받은 기분이랄까. 이런 기분이 든다고 해서 지금 당장 내 상황이 달라지는 건 아닐 것이다. 세상의 모든 긍정적인 기운이란 결국 지극히 개인적인 것일 수 있으니깐. 그저 새로운 꿈을 꿀 수 있게 된 것만으로도 만족한다.

사회생활을 시작하고 한 직업을 20년 넘게 가지고 있는 생활인에게 개인적인 바람이나 설렘이 생길 수 있다는 건 무척이나 놀라운 일이다. 이미 웬만한 것에 만족하고 지금을 유지하고 싶어하는 보수적인 마음이 가득한 게 사실이니깐. 기존의 나에게 머물러 있던 것들을 조금씩이라도 허물 수 있는 용기가 생긴다는 것.

대학교 입시를 망치고 얼떨결에 배우가 된 나에게 현재는 어느 정도 목표로 했던 일들이 이뤄진 상황일 수도 있다. 주인공을 하고 싶다, 어떤 감독과 하고 싶다, 어떤 배역을 하고 싶다는 그런 목표…. 처음 오디션을 봤던 순간이 떠오른다. 결과는 관심 없이 새로운 세상을 접했을 때의 설렘과 막연함, 당장 무엇이 되지 않아도 된다는 안도감.

모두 수고하셨습니다. 그리고 감사합니다.

※ 이 글을 쓰고 얼마 뒤 양자경은 제95회 아카데미 시상식에서 여우주연상을 수상했다.

해치지 않아

영화 제목과 동명의 리얼리티 예능 프로그램에 출연 중이다. 기본 포맷을 간단히 설명하자면, 드라마 《펜트하우스》에 출연한 엄기준, 윤종훈 그리고 나, 이렇게 세 명의 배우가 제작진이 안내하는 적막한 곳에서 함께 생활한다. 2년 가까이 방영된 드라마에서 셋 모두 악역으로 나왔기에 아직 몸 곳곳에 남아 있는 나쁜 기운을 버리고 서로 화합하자는 의미도 담겨 있다. 그 취지에 걸맞게 프로그램 부제도 '잃어버린 본캐 찾기'이다. 나를 포함한 우리 셋에게서 실제로 악인의 본능 같은 건 전혀 느껴지지 않지만 시청자들의 보는 재미와 쏠쏠한 관전 포인트를 위해 부러 차용한 콘셉트이다.

많은 사람들이 리얼리티 프로그램이라고 하면 정말

제작진의 아무런 개입도 없이 오직 카메라의 감시만을 받는다고 생각한다. 하지만 출연자와 제작진은 사전 인터뷰를 통해서 전체적인 구성과 방송 회차별 어떤 흐름으로 촬영이 진행되는지를 함께 상의하고 의견을 나눈다. 물론 촬영 현장에서 제작진은 뒤로 물러나 되도록 카메라 속 상황에는 개입하지 않으려 한다. 출연자들이 모든 상황을 설정하고 해결해 나가기를 지향하는 것이다. 가끔 흐름 상 놓치고 가는 부분이 있다면 슬쩍 개입하지만 대개는 큰 무리가 없다면 그마저도 생략하는 경우가 많다. 내가 출연 중인 프로그램도 당연히 사전에 제작진으로부터 포맷에 대한 설명을 들었기 때문에, 촬영 장소를 비롯하여 세부 설정에 관한 정보가 전혀 없더라도 크게 개의치 않고 카메라 안의 세상에서 지낼 수 있게 된다. 어떤 일이 발생하더라도 감수할 마음의 준비가 되어 있다는 것이다.

배우들은 대본이라는 이미 짜인 구성에서 살아가는 감각에 익숙하기 때문에 빈칸을 스스로 메울 수 있는 직업적 능력이 갖춰져 있다. 다만 리얼리티 예능과 대본 간 차이점이라고 한다면, 정해진 대사, 상황과 캐릭터가 존재하지 않는다는 것뿐이다. 이 모든 건 촬영과 편집을 통해 만들어진다.

드라마나 영화와 달리 리얼리티 예능은 완성본이 나오고 나서야 비로소 내 캐릭터를 확인할 수 있는데, 나도 미처 발견하지 못했던 모습을 제작진은 수십 대의 카메라로 촬영된 화면으로 확인하며 마치 유물을 발견하듯이 새로운 캐릭터를 발굴해준다. 그렇게 조심스럽게 캐내어진 또 다른 내 모습에 가끔 스스로도 깜짝 놀라곤 한다. 자기 객관화가 저절로 될 정도다. 카메라 메모리 카드를 교체할 때 말고는 계속해서 녹화 버튼이 작동되어 있으니 그 모든 데이터를 일일이 확인하는 것은 분명 고된 일이다.

개인적으로 이번 프로그램이 특별하게 느껴지는 건 출연자들과 이미 친해진 상태에서 함께 촬영을 하는 것이 처음이기 때문이다. 대부분의 예능 프로그램은 개인간 친분과는 상관없이 제작진이 생각하는 최적의 캐스팅으로 이루어진다. 일련의 촬영 기간을 거치며 서서히 가까워지고 이제 정말 친해지겠구나 싶으면 프로그램이 막을 내리곤 했다. 하지만 이번만큼은 엄기준, 윤종훈 배우에게 나에 대한 정보가 어느 정도 축적되어 있었기에 나와 나의 행동에 대해서 따로 설명하지 않아도 된다는 안도감이 들었다. 혹여 낯선 모습을 보이더라도 크게 오해하지 않을 거라는 신뢰감도 있었다. 이러한 우리 관계가 제작진에게도 영감을 준 것이라 짐작한다.

사실 아무리 촬영이라 할지라도 몸을 쓰며 신체적으로 고생을 감내해야 하는 프로그램은 간혹 출연자 간 얼굴을 붉히는 순간이 발생한다. 그럴 때면 카메라 안과 밖에 있는 사람들 모두 난처해지는 불편한 공기가 흐르게 된다. 때문에 프로그램의 기본적인 토대를 만드는 제작진은 더욱더 면밀하게 출연자들을 관찰하고 예상할 수 없는 변수에 대해서도 꼼꼼히 따져본다.

다행히 이번 프로그램에서는 몸은 고생스럽지만 마음은 풍요로워지는 경험을 하고 있다. 드라마에서는 대본의 묘사를 최대한 사실적으로 표현하는 것에 집중했다. 그와 달리 예능은 있는 그대로의 나를 사실적으로 보여주는 작업에 가까운 것 같다. 새삼 이렇게 놓고 보니 두 분야는 상호보완되는 측면이 있는 것 같다. 큰 틀 안에서 끊임없이 해체되고 변형되고 재구성되고 재발견되면서 어쩌면 진짜 나다운 나를 찾아가는 중인지도 모르겠다.

어떤가요?

최근에 소년범죄의 심각성에 대한 이야기가 여기저기에서 많이 들린다. 성인들이 보기에도 끔찍하거나 대범한 범죄를 저지르는 그들을 보며 모두들 분노하고 비난하게 된다. 여기에 '촉법소년'이라는 용어가 포함되면 그 분노는 배가 되어 날카로운 말로 여러 의견들을 인터넷에 흔적으로 남긴다. 과거에 비해서 현재에 범죄를 저지르는 미성년자의 수가 월등히 증가한 건 아니라고 한다. 하지만 수위가 높은 미성년자 사건이 보도되는 건수가 예전에 비해 많아진 건 사실인 것 같다. 상황이 이렇다 보니 나이가 어리다는 이유로 법의 처벌을 피하고 있는 아이들에게 엄격한 법치주의 목소리가 높아지고 있다. 현행에서 규정하고 있는 만 10세 이상 만 14세 미만인 촉법소년에 대해서 나이를 더 낮추고 처벌 수위를 높이자는 것이다.

문득 일본의 한 사건이 떠올랐다. 1997년에 고베현에서 14살인 중학생 소년이 동생 친구인 11살 아이를 살해한 뒤 시체를 훼손하고 유기한 사건이다. 당시에 일본에서도 단서가 없는 범인에 대해서 여러 가지 추측이 난무했는데 진범이 14세의 소년이라고 알려지자 모두들 엄청난 충격에 빠지고 만다. 앞다투어 당시의 사건을 보도했고 사람들이 큰 충격과 함께 분노에 휩싸이게 된다. 더불어 우리나라와 같이 촉법소년에 해당하는 나이 때문에 그 소년은 신상도 공개되지 않았으며, 법의 심판이 아니라 정신과적인 치료만 받게 되었다. 8년의 치료를 마치고 풀려난 그는 사건 당시에 자신이 저지른 범죄를 상세하게 나열한 책을 출판하여 일본 사회를 또 다시 충격에 빠트린다.

이 사건을 바라보면 당연히 묻고 싶은 질문이 생긴다. 과연 나이가 어리다는 이유만으로 법의 처벌을 피하는 것이 정당한가? 이 질문에 대해서 아마도 적지 않은 사람들이 정당하지 않다고 대답할 것이다. 사건이 일어났던 일본에서도 이 사건 이후에 촉법소년 연령을 낮추었다. 우리나라에서는 아직 이만큼 까지의 충격적인 사건이 발생하지는 않았지만 1997년의 일본과 비슷한 고민을 현 시점에 하고 있다고 본다.

징벌주의만이 모든 문제를 해결할 수 있을 것 같지는 않다. 소년범죄가 어려운 건 아이 개인의 독단적인 문제가 아니라 부모와 사회가 함께 책임을 나눠 가져야 하기 때문일 것이다. 한 아이를 키우기 위해서는 온 마을이 필요하다는 이야기가 있다. 나의 아이뿐만 아니라 다른 아이들에게도 어른으로서 어떤 책임감을 가지고 관심을 기울이고 있는지 나 자신을 돌아보게 된다. 잘못된 행동에 대해 아이를 엄하게 꾸짖고 나무라는 건 어른의 권위를 보여주는 태도라고 본다. 그렇지만 잘못된 방향으로 가고 있는 아이들에게 사회가, 어른이 진정으로 보여줘야 하는 태도는 권위가 아니라 포용과 수용이라고 생각한다. 국가라는 공동체가 사회 구성원에게 가장 선행되어야 할 기본적인 태도 아닐까.

소년을 변론했던 변호인의 말이 떠오른다.

"암흑 속에서 성냥을 켜면 작은 불빛이지만 밝아지지 않습니까? 그런 사소한 변화였지만 그 아이가 변해가고 있다는 생각이 들어 기뻤습니다. 소년원에서 교도관이 관심을 기울이고 정성스럽게 보살펴줬다고 합니다. 쾌활하게 변하고 미소도 보여주기 시작하는 등 꽤 바뀌었다는 말도 들었습니다."

사건에 대한 책을 출판한 것에 대해서도 이렇게 언급했다.

"대다수의 사람들은 그 친구가 전혀 바뀌지 않은 것이 아니냐고 말했지만, 사건의 전말을 모두 쓰지는 않았기에 일정 부분 판단력이 생겼다고 생각합니다. 물론 피해자의 유족들이 그 책을 읽게 되면 어떻게 생각할지 거기까지 생각은 하지 못했구나 싶고 그런 부분은 역시 아직 부족하다는 생각이 듭니다."

끝으로 변호사는 이렇게 말했다.

"계속 보살펴주는 사람이 있었더라면 당연히 조언도 해주었을 것이고 그런 책도 출판하지 않았을 거라 생각합니다."

나는 지금 어떤 말을 해줄 수 있을까?

장래 희망

초등학교 3학년 어느 날 '미래의 꿈'이라는 주제로 글을 써오라는 숙제가 주어졌다. 당시에 우리 집은 부모님이 큰 사기에 휘말리셔서 집도 없어지고, 가족이 뿔뿔이 흩어져 있었다. 나도 단칸방과 작은 다락방이 전부인 고모네 집에 사촌 둘과 뒤엉켜 겨우겨우 살아가고 있었다. 누가 뭐라 한 것도 아니었는데 말을 가능한 한 적게 했으며 끼니도 가장 적게 먹었다. 그렇게라도 하지 않으면 그곳에서 견디지 못할 거라고 생각했던 것 같다. 다락방에서 뒤엉키며 살아도 여기 아니면 더 이상 갈 곳이 없을 거라는 막연하지만 확실한 불안감이 나를 감싸고 있었다.

그런 나에게 미래의 꿈이라니? 하루 세끼 중에 저녁

만 먹기 위해 매일 고모네 집에서 가장 늦게 귀가하는 건 나였다. 이제 겨우 열 살 먹은 아이가 먹어봐야 얼마나 먹겠나 싶지만, 얹혀살고 있는 나의 상태를 생각하면 그것이 가장 양심적이고 의미 있는 행동이었다. 그렇게라도 하지 않으면 정말이지 큰 잘못을 하고 있는 것 같아 견딜 수가 없었다. 혹시라도 나 때문에 우리 부모님이 고모나 고모부에게 어떤 소리라도 듣게 될까 봐 그게 가장 두려웠다. 왜 그런지는 모르겠다. 그냥 지금 내가 선택할 수 있는 최선의 방법은 그거라고 확신했다.

아주 가끔 주말이 되면 고모부께서 라면을 끓이셨는데 이것만큼은 참기가 힘들어 아주 조심스럽게 후루룩하고 고개를 조아리며 면을 먹었다. 혹시라도 사촌들보다 많이 먹게 될까 봐. 친척 형과 동생이 젓가락질로 가져가는 라면의 양을 확인하고는 그보다 조금 적게 내 그릇으로 담아갔다. 돌이켜 보면 일주일에 그 하루, 라면을 먹을 수 있는 그 점심이 나에게는 가장 풍요롭고 기분 좋은 순간이었다.

모두가 잠든 걸 확인하고 조심스럽게 가방에서 노트를 꺼내 들었다. 미래의 꿈이라는 제목을 연필로 꾹꾹 눌러 노트의 첫칸에 반듯하게 채워 넣었다. 무엇을 쓸까 고민하다가 성인이 되는 나이가 몇인지를 생각해보았다. 정확히는 내가 언제부터 돈을 벌 수 있을지 따져보았다. 열아홉 살이면 왠지 그럴 수 있을 것 같았다. 제목 다음 칸에 '열아홉 살에 얼마를 벌 것이다'라는 글을 채워 넣었다. 그리고 연속해서 나이를 더하면서 어떤 금액을 어떻게 벌어들일 것인지에 대해 열 살 아이가 생각할 수 있는 가장 구체적인 방법들을 써 내려갔다.

그 글이 정확히 몇 살에 끝맺음 났는지 기억나지는 않지만, 다음 날 담임선생님에게 아주 많이 혼이 났던 기억은 분명하다. 꿈에 대해서 써오라고 했는데 이게 뭐냐고, 네가 생각이 있는 건지 궁금하다고, 아이가 이런 얘기를 하는 게 맞는 거냐고, 부모님이 뭘 하는 거냐고 선생님은 할 수 있는 모든 기분 나쁜 감정을 쏟아내셨다.

아직도 모르겠다. 그게 나쁜가? 열 살 아이가 돈이 가장 중요하다고 생각한다는 게 잘못인가? 꿈이라는 건 모두에게 공평한가? 내가 그리는 꿈에 객관적인 기준을 적용할 수 있는 건가? 그렇다면 내가 이런 꿈을 꾸고 있을 때 어른인 당신을 무엇을 하고 있었는가? 다 커버린 나에게도 묻는다. 너는 지금 무엇을 하고 있는가?

나는 말이죠

인터넷으로 무언가를 많이 할 수밖에 없는 요즘엔 '예, 아니오'라는 선택지와 맞닥뜨리게 되는 경우가 많다. '예, 아니오'가 아니어도 동의, 비동의 같은 두 가지 선택지밖에 없는 상황이 많은데 그럴 때면 나는 굉장히 난처한 기분에 빠지게 된다. 어떻게 모든 순간의 결정을 명확하게 하나로 할 수 있단 말인가. 대부분은 고개를 절레절레 흔들거나 갸우뚱 하면서 선택을 선불리 못 하는 문제들 아닌가? 아니라면 내가 심각한 결정장애에 빠져 있는 건가?

이럴 때는 내 과거의 흔적을 찬찬히 살펴보면 된다. 멀리까지 시간을 거슬러 올라가지 말고 얼마 전에 있던 일을 떠올려보자. 주말에 집에서 오랜만에 라면을 끓여

먹기 위해 이것저것 준비하고 있었다. 잘 익은 김치를 곱게 썰어서 접시에 두툼하게 올려놓고 냉장고에 있던 찬밥도 미리 준비해둔다. 라면은 하시시 박 작가님이 끓이기로 했다. 수저, 앞접시까지 나에게 주어진 모두 준비가 끝났다. 여유 있게 의자에 앉아서 핸드폰을 보려고 하는 찰나에 질문이 훅 들어온다.

"라면에 달걀 넣을 거야? 안 넣을 거야? 혹시 넣을 거라면 두 개 넣을까?"

이걸 요즘 인터넷 팝업창 느낌으로 다시 해석을 하자면 이런 느낌이겠다.

'라면에 달걀을 넣는다.'

이 문장 밑에 조그만 버튼으로 클릭을 할 수 있게 두 개의 대답이 떠 있다.

'예, 아니오'

이게 뭐 어려운 선택이냐고 면박을 줄 수도 있지만 두 가지 선택이 아닌 하나의 옵션만 추가된다면 모두들 난감할 것이다. 예를 들어 '예' 옆에 (필수)라고 적혀 있다. 어쩌란 말인가? 이건 '아니오'를 선택할 수 있게끔

물어놓고서는 혀를 낼름 내밀면서 '안 되지롱~' 하고 약 올리는 게 아닌가? 이럴 거면 뭐하러 나에게 물어보는 것인가? 애초에 나의 의지니 동의는 전혀 고려하지 않겠다는 뜻이 아닌가? 뭔가 멱살을 잡힌 채 '이래도 안 할거야?' 하는 느낌의 강제성이 짙지만 뭐 어쨌든 난 달걀을 좋아하니깐 '예'라고 선택을 한다. 더 큰 난관은 두 번째 질문이다. 다시 팝업창 느낌으로 풀어서 써보자.

'달걀을 두 개 넣으실 건가요?' '예, 아니오'

역시나 '예' 옆에 (필수)라고 보이지 않게 적혀 있다.

라면을 두 개 끓일 때 달걀을 두 개씩 넣는다면 국물맛이 확 달라진다. 본래 MSG가 듬뿍 머금고 있는 짠맛과 자극적인 감칠맛이 아주 약하게 흐려진다. 라면을 먹으려고 하는 가장 중요한 이유가 배제되는 것이다. 자극적이고 내 입맛을 바로 만족시킬 수 있는 그 무엇이 힙합식으로 "와썹!" 하고 거리낌 없이 다가와야 하는데 달걀을 두 개 투하함으로써 자극적이고 낯가림이 없는 MSG라는 친구가 별안간 양 볼에 홍조를 띄고 "실례합니다…." 하고 수줍게 기어 들어가는 목소리로 악수할 손도 내밀지 못한 채 고개를 푹 숙이고 있는 형국이다.

이렇게 큰 변화가 생길 수 밖에 없는데도 '예, 아니오'로 대답해야 하다니…. 화가 나서 '아니오'를 선택하고 싶어도 동의가 (필수)라 '예'를 선택하지 않는다면 다음으로 진행이 되지 않는다. 현실이라면 라면을 먹을 수 없게 되는 것이다. 이런 말도 안 되는 상황이 어딨어! 하고 화가 나지만 금세 수긍하고 '예'라고 적혀 있는 버튼을 클릭한다. 물론 현실 세계에서는 두 가지의 선택지만 있는 게 아니니 달걀은 넣되 너무 수줍어지지 않도록 하나만 국물에 풀어주었다. 아마 요즘 팝업창에서는 상상할 수도 없는 일이었을 것이다.

모든 걸 간소화하거나 시간을 절약하기 위해서 '예, 아니오' 같은 간단한 선택지를 내놓는 건지는 모르겠지만, 가끔 우리는 어떤 것도 선택하고 싶지 않거나 '난 도무지 모르겠는걸…'. 하고 결정을 뒤로 미루고 싶을 때도 많다고 생각한다. 여러 이유가 있겠지만 강요라는 건 썩 내키지 않다는 거지.

그리고 (필수)라는 항목은 황당하기 그지없다. 사실 하나의 선택지밖에 없는 건데 뭔가 인심 쓰듯 두 가지를 턱 던져놓는 느낌이랄까. 그러면서 우쭐대는 것 같아 발끈하게 된다. 앞으로 팝업창에 '예, 아니오'말고 하나 정도의 선택지가 더 있었으면 좋겠다. 후보군으로는 '글쎄요' '모르겠음' '너님 마음대로' 정도로.

이러면 훨씬 마음도 편해지고 분하거나 강요받는 느낌이 덜할 것 같다. 혹은 '그래, 싫어' 내지는 '응, 아니' 같은 반말이어도 조금은 마음이 편해지는것 같다. 그래야 조금은 기분이 풀릴 것 같기도 하고. 어쨌든 그래도 말야… '너 별로야!'라고 외치고 싶은 건 사실이다.

내 것이 아닌 소문

수능 보던 날, 솔직히 큰 기대는 하지 않았다. 학교에 거의 가지 못했기 때문이다. 2학기 중간고사는 몇 개의 시험을 보지 못해 빵점 처리되는 일도 일어났으며 시험을 제대로 치른 과목들의 성적도 그다지 훌륭하지 못했다. 미술을 전공하던 내게 대학은 꼭 넘어야 할 산이었고 삶의 전부였다. 집이 넉넉지 못해 재수는 꿈도 꿀 수 없는 상황이었다. 매달 입금해야 하는 미술학원비도 내가 벌어서 지불하고 있었기에 무슨 수를 써서라도 대학에 한 번에 입학해야 했다. 입시를 망쳐서 번듯한 대학교에 입학하지 못한다면 내 인생은 그날로 다 끝난다고 생각했다.

이렇듯 입시에 불태웠던 엄청난 열의가 실연이라는,

누구나 겪는 통과의례로 와르르 무너져버릴 줄은 꿈에도 몰랐다. 살면서 처음 맞닥뜨린 실연은 내 몸과 마음을 온통 헤집어놓았다. 모든 것이 부질없게 느껴졌다. 아무것도 할 수 없었고, 하고 싶지도 않았다. 흔히 입시 미술을 하게 되면 절박함과 간절함이 동반되는 고3 때 실력이 가장 월등히 늘게 된다. 하지만 나는 거꾸로 고3 때 가장 저조한 집중력을 보이며 제대로 그림을 완성하지 못했다.

예를 들어 석고소묘는 실기 시험장에 들어가기 전까지 몇 장을 완성해봤는지에 따라 합격 여부가 분명하게 결정 난다고 해도 과언이 아니다. 입시가 가까워질수록 데생에 자신감이 붙고 집중력이 높아져 하루 한 장, 종이 크기에 따라서는 두 장을 완성하는 친구들도 있었다. 그에 반해 나는 3일에 한 장 꼴로 그렸고 그마저도 겨우겨우 완성할 수 있었다. 미술학원 선생님의 걱정스러운 시선과 말씀은 매일같이 내 시야와 두 귀를 스쳤지만 금세 흐릿해지고 이내 사라졌다. 어쩌랴, 난 상처받은 멍청이인걸. 이렇게 금방이라도 쓰러질 듯 무너져 있으면 나를 떠나간 그 친구가 한 번쯤은 돌아봐 줄 것 같았다. 돌아와 주기만 한다면 더 철저히 망가져 주리라 생각했다.

그 친구를 잃는 것보다 무서운 건 없었지만 아무렴, 수능을 망치는 건 두렵긴 했다. 여기저기서 대학에 가지 못하면 어떤 불상사가 일어나는지 들려왔고, 우리나라는 학력으로 사회계급이 나눠진다는 걸 익히 잘 알고 있었기 때문이다. 대학을 못 가면 아무 쓸모 없는 낙오자가 되는 것이라고 짐작했지만 모두 내가 자처한 일이니 별수 없었다.

마침내 수능 날이 찾아왔고 나는 최선을 다해서 시험에 임했다. 그 어느 때보다 정성스럽게 OMR 카드에 마킹을 하고 잘못 표기한 건 없는지 꼼꼼히 살펴보았다. 다행히 실수한 곳은 없었다. 바깥에 적당한 밝기로 내려앉은 어둠 속 날씨는 유독 추워서 긴장감이 서려 있는 수능 날의 분위기를 고조시켰다. 시험이 끝나고 터덜터덜 시험장을 빠져나오면서 나도 모르게 눈물이 주르륵 흘러내렸다. 큰 기대를 하지는 않았지만 아는 문제가 그렇게까지 없을 줄이야. 입술을 꾹 다물고 그 자리에 서서 눈물을 왈칵 쏟아냈다. 창피함에 소리 내어 울 수도 없었다. 한바탕 눈물을 흘리고 난 뒤에는 번화가에 가서 양쪽 귀를 뚫었다. 비록 수능은 치렀어도 아직 고등학생 신분이기에 교칙을 위반하는 행동이었다. 하지만 이미 인생을 망친 나에게 지켜야 할 교칙 같은 건 없었다.

저녁 12시가 다 되어 집으로 들어갔고 하루를 마감하는 뉴스에서는 이번 수능의 난이도가 높았다며 평균 점수가 내려갈 것이라고 했다. 하지만 전혀 위안이 되지 않았다. 한결 수월해진 경쟁조차 참여할 수 없을 정도로 내 점수는 현저하게 낮았으니까. 학교와 미술학원에 제출하기 위해서라도 억지로 시험지를 채점해야 했다. 결과는 참담했다. 다음날 담임선생님에게 예상 점수를 적은 종이를 제출했는데 말없이 한숨을 내쉬더니 무겁게 입을 떼신다.

"손바닥 한 대만 맞자."

“네?”

“대, 얼른.”

찰싹! 영문도 모르고 한 대 맞은 뒤 달아오른 양손을 비비고 있을 때 선생님은 다시 말씀하셨다. 재수할 수준도 안 된다는, 매우 현실적이고 충격적인 얘기였다. 점수로 내 인생의 방향이 정해지고 어느 지역에 어느 대학교를 입학하느냐에 따라서 삶의 등급이 정해지는 듯 보였다. 모두가 대학이 얼마나 중요하고 절실한지 떠들어대니 그 외에 다른 세상은 존재하지 않는 것 같았다.

하지만 작정하고 수능을 망쳐버린 나는 상상조차 할 수 없던 또 다른 세상과 마주하게 됐다. 수능 이후 강산도 변한다는 10년의 시간을 두 번이나 넘어오면서 지금 나는 썩 나쁘지 않은 인생을 살고 있다. 그깟 시험 망쳐도 괜찮다고 말해주는 세상을 꿈꾸는 건 너무 큰 욕심일까? 시험을 망쳐도 응원받고 열 번이고 스무 번이고 넘어져도 언젠가는 마음에 드는 결과를 얻을 수 있을 거라고, 또 다른 세상이 얼마든지 존재한다고 말해주는 그런 세상 말이다.

괜찮아

'누군가 나를 미워하고 있다.' 이 문제에 대해서 꽤나 오랫동안 고민해왔다. 아무래도 직업이 불특정 다수에게 노출이 된 지라 더 신경을 쓰는 것 같기도 하다. 지금은 없어진 댓글 기능에서 많은 사람들이 나를 비난하는 것에 대해 토로한 적도 있다. 대부분 내가 어찌할 수 없는 문제에 대해서 얘기를 늘어놓은 것들이라 결론은 '뭐, 어쩔 수 없지 않은가'쯤으로 내렸던 것 같다.

그렇다고 해서 아무런 노력을 안 한 것은 아니다. 외모를 가꾸기도 하였고 치장에 신경을 썼으며 미소를 잃지 않았다. 너무나 많은 사람들을 상대해야 하는 환경이라 이런 나의 노력이 잘 닿지 않았는지 상황은 크게 달라지지 않았다. 허탈하기도 하고 한편으로는 속상하기도 했지만 어쩌랴, 정말 어쩔 수가 없지 않은가? 이건 정말이지 내 노력의 문제가 아니라고 생각했다.

특히 외모에 관한 비난이나 지적은 정말 도리가 없었다. 이렇게 태어나버린걸! 돌아가신 아버지에게 따질 수도 없고 살아 계시는 어머니에게 따지자니, 유전학적인 측면에서 그 위에 조상님들에게 먼저 따져 묻는 것이 맞는 것 같고 도저히 어디서부터 시작을 해야 할지 알 수가 없었다. 거울을 보며 스스로에게 심하게 묻기도 하였지만 어쩔 도리가 없는 건 마찬가지다.

난 내가 그렇게 싫지 않았다. 많이들 지적하는 입도 뭐랄까 처음에는 눈에 거슬렸지만 계속 보니 개성이 도드라져 좋아 보였다. 키가 작거나 하는 문제도 연예인이라는 직업적인 특성 때문에 굳이 지적을 받는 거라 쉽게 무시하기 좋았다. 연예인이라 하여 모두들 키가 클 필요는 없지 않은가? 나 같은 범인도 존재해야 전체적인 밸런스가 맞는 거라 생각한다.

다만 성격적인 부분에 관한 지적이나 비난은 음… 쉽게 넘겨지지가 않았다. 나를 모르는 사람들의 얘기도, 혹은 나라는 인간을 경험한 사람들의 얘기도 꽤나 맞는 부분이 있었다. 까칠하다거나 무뚝뚝하고 예민한 성격, 아무리 봐도 호감을 가질 만한 성격은 아니다. 누군가 선호할 타입도 전혀 아니고. 혼자 살아가는 상황이라면 전혀 문제 될 게 없겠지만 사람들과 직접 대면하면서 일을 하는 나에게 여러모로 불리한 지적이기는 하다.

내가 직접 상대할 수 없는 불특정 다수에게는 그렇다 치더라도 함께 일하는 동료나 스태프들에게는 이대로 하면 안 되겠다는 마음이 커졌다. 어떤 목표를 가지고 함께 달려가는 사람들이 나 때문에 마음 상하는 일이 생긴다면 감정도 그렇지만 일을 할 때도 얼마나 기분이 좋지 않을까? 직업이란 원래 즐겁게 하기가 쉽지 않지만, 내가 일하는 분야의 사람들은 대부분 이 일의 즐거움과 이상을 추구해서 직업적 선택을 한 사람들이다. 이런 사람들에게 기분이란 어떤 창작물을 완성하는 것에 있어 매우 중요한 요소이다. 나도 그렇고.

조금 더 세심할 필요가 있겠다는 생각이 들었다. 낯을 많이 가리고 퉁명스러운 나지만 먼저 다가가고 농담을 하기도 하고 평상시보다 조금 더 과장된 제스처를 취해보았다. 효과는 즉각적으로 나타났다. 나와 작품에 참여한 많은 사람들로부터 인성에 대해 비난이나 지적을 받는 일은 거의 없어졌다. 아주 호의적인 평들이 대부분이었다. 아, 물론 관성적인 일반 악플은 달라지지 않았지만. 어차피 그들은 나를 실제 겪어보지 않았으니 뭐 조금은 신경 쓰지 않아도 되지 않을까 싶다.

어쩔 수 없이 본성 탓에 가끔 까칠하고 예민한 예전 모습이 나도 모르게 툭! 하고 튀어나올 때가 있어서 어쩌면 아직 '저 친구는 달라진 게 없군.' 하고 생각하는 사람들이 존재할 수도 있다. 처음에는 신경이 쓰이기도 하고 매사에 더 조심해야겠다고 다잡기도 했지만, 어쩔 수 없는 건 어쩔 수 없다는 쪽으로 점점 생각이 굳어지고 있다.

이런 나의 본성 때문에 조금이라도 섭섭함을 느끼거나 혹은 마음이 상했을 수도 있는 누군가에게는 정말 미안하지만, 의도를 가지고 행동하였거나 악의를 품고 쌀쌀맞게 대한 건 아니다. 그저 가끔 모두에게 친절할 수 없는 상황이 있었을 뿐이다. '난 모두에게 백 퍼센트 친절할 수 없다'고 인정하니 마음이 놓였다. 이런 안심으로 또 다시 누군가에게 조금은 미움을 받을 수도 있겠지만… 공자, 장자, 예수님 같은 선인도 주변에 그들을 해치려는 사람들이 얼마나 많이 존재했는가. 어쩌지? 더 위안이 되네….

그냥 천천히 흘렀음 좋겠다

2015년 결혼 즈음부터 제주도로 여행을 참 많이 가게 되었다. 나와 결혼한 하시시 박 작가님이 제주도를 좋아하기도 했으며 본인이 직접 설계해서 집을 짓는 프로젝트에 관여하고 있어서 공사 일정을 확인하기 위해서도 자주 가게 되었다. 이제야 고백하건대 파트너인 나는 제주도라고 하는 곳에 크게 관심이 없었다. 그저 예전과 달리 국내 여행객이 급속도로 늘었으며 거주지로서의 선호도가 높아져 땅값과 집값이 가파르게 상승하고 있다는, 다분히 신문 사회면스러운 정보만 가지고 있었다.

당시에 하시시 박 작가님이 임신 중이기도 하였고 멀리 신혼여행을 가지 못했던 터라 국내이기는 했지만 비행기에 몸을 싣고 움직이는 여정에 마음은 아주 들떠 있었다. 오랜만에 가본 제주도는 분명 이전과는 많이 달라 보였다. 여기저기 생기가 넘쳐흘렀고 무엇보다 사람들이 정말 많았다. 10년 전에 내가 경험했던 제주도는 유명한 몇몇의 장소만 사람들이 북적였고 그나마도 연배가 높으신 어르신들이 단체로 관광을 온 것이 전부였다. 어렴풋이 기억 나는 건 가끔 뉴스에서 바가지요금과 관광지로서의 특색이 없는 것 때문에 내국인도 외면하는 곳인데 외국인 관광객을 모셔 온다는 건 어불성설이라고 아주 비판적인 멘트를 신랄하게 쏟아냈던 기자와 생기가 없는 제주의 이곳저곳을 비춰줬던 화면이다. 그 화면이 지금 내가 마주하고 있는 달라진 제주와 교차로 떠오른다. 흐릿한 기억마저 볼품없게 자리 잡고 있던 그곳이 이렇게나 변했다니….

미디어에서 연일 화제라며 비춘 모습보다 훨씬 더 달라진 자태다. 괜시리 미안한 마음이 들기도 했다. '이렇게 근사했단 말이야? 너무 몰라봤잖아.' 하며 이동하는 차 안에서 슬쩍 제주의 바람에 손을 내밀었다. 남쪽의 따뜻함이 묻어 있는 바람결이 손을 감싸주었는데 이 정도면 뻔뻔한 내 사과를 받아준 것 같아 안심이 되었다.

하시시 박 작가님이 설계에 참여한 집에 도착하였다. 아직 완공이 되려면 시간이 남았지만 형태는 갖추고 있어서 어떤 모습으로 완성이 될지 상상해보는 건 어렵지 않았다. 오픈된 입구에서 마당에 이르기까지 점점 높아지는 긴 담벼락이 아주 인상적인 집이었다. 이 층에는 야외 수영장도 있었다. 무엇보다 일 층 마루에 바깥과 통하는 공간을 마련해서 나무를 심어 놓은 게 인상적이었다.

작가님이 꼼꼼하게 현장을 둘러보는 사이에 공사를 진행하시는 소장님과 이런저런 얘기를 할 기회가 생겼다. 갑작스럽게 호감이 생긴 제주도에 궁금한 것들이 많았기에 신나서 질문을 쏟아냈다. 그중에서도 '이곳에서 살면 어떨까요'라는, 아마 그맘때 제주를 여행했던 사람이라면 한 번쯤은 생각해보았을 그 궁금함을 던져보았다. 소장님은 아주 잠깐 말을 고르시느라 생각에 잠겼다.

"이곳은 시간이 다르게 흐르는 것 같아요. 제주도만의 시간이 따로 있는 것 같거든요. 음, 서울이랑 비교하자면 아주 천천히 흘러요. 그래서 사람들도 아주 느긋해요. 가끔 나만 바쁜 것 같아 민망할 때도 있어요."

아주 인상적인 말이었다. 제주도만의 시간이 있다니. 예를 들어주셨는데, 가전제품을 파는 곳에서 물건을 구매해도 정확하게 언제까지 배달을 해주겠다는 확답을 주지 않는다고 한다. 그저 '이 정도쯤이요'라는 뭔가 애매한 공지사항만 전달한다는 것이다. 당일 배송과 정확한 날짜와 시간에 배달받는 것에 익숙해졌던 육지사람(제주도를 제외한 지역에 거주하는 사람들을 가리키는 표현)인 소장님은 처음엔 불친철한 거라 오해하여 화도 냈다고 한다. 나중에서야 제주만의 특징이라고 알게 되어 이제는 느긋하게 기다릴 줄 알게 되었다고 멋쩍어하신다.

멋지기도 하지만 어쩌면 나랑은 맞지 않을 수도 있겠

구나 싶었다. 도시의 시간 흐름에 이미 익숙해진 내가 소장님 정도의 느긋함을 얻으려면 서울의 시간에서 제주도만큼의 시간을 빼고 동반되는 시행착오를 다시 더한 다음 익숙해지기까지의 시간을 다시 나누면 된다는 건데…. 아, 어렵다. 가끔 여행으로만 경험해도 충분하지 않을까 하는 합리화를 시도한다.

대신 이곳에 머물 때만큼은 육지의 시간을 버리고 이 고유한 흐름에 나를 얹어야겠다고도 생각했다. 내가 제주도를 여행할 때 가장 중요하게 생각하는 마음가짐이 이때 정해졌다. 그렇게 한참을 하시시 박 작가님과 제주도를 다녔다. 육지에서는 느껴보지 못하는 그 고유한 시간을 둘이서 공유했다. 작가님과 내가 머물고 있는 육지로 돌아와 그때를 추억하면 그 순간만큼은 제주의 시간이 더해져 도시의 시간속에서 잠시 숨을 고르는 게 느껴진다.

내가 제주에서 느꼈던 그 고유한 시간을 또 다른 나의 시간과 마주하게 한다는 것… 이것만큼 특별한 경험은 드물 것이다. 지금 비자림로의 나무를 베어 도로를 넓혀서 제주도에 여행 온 사람들에게 20초 빠른 시간을 안겨준다는 건 그래서 나에겐 더욱더 안타깝게 다가온다.

그렇게 그냥 천천히 흘렀음 좋겠다. 제주도에 가끔 가는 나 같은 사람 때문에 그 고유한 시간이 빨라지지 않았으면 좋겠다. 그건 이동하는 차 안에서 창밖으로 손을 내밀고 사과한다고 될 문제가 아니니까. 그래도 따뜻한 바람으로 다시 내 손을 감싸주겠지? 아마도.

인생… 인생이란…

1999년 지구에 종말이 올 거라고 떠들어 대는 사람들이 꽤 있었다. 당시 나는 고3이었는데 각종 시험이 있을 때마다 지구가 곧 망할 거라 공부 따위는 하지 않아도 된다고 얘기하던 친구들 기억이 난다. 이 글을 쓰고 있는 지금 다행히 지구는 망하지 않았고 나도 멀쩡하다.

나는 고등학교 때 입시 미술을 시작했다. 각종 석고상들을 기계처럼 그리고 모티브 구성이라는 이제는 없어진 실기시험을 준비하고 있었다. 자유롭고 살아있는 그림을 그리는 게 아니라 암기 과목처럼 외워 그렸다. 입시 막바지에는 어떤 석고든 보지 않고 그릴 수 있을 정도로 수련이 되어 있었다. 아직까지도 이게 미술이 맞는 건지 모르겠다.

드디어 수능 날이 되었다. 직전에 봤던 모의고사 점수가 나쁘지 않아 잔뜩 기대를 하고 있었고 자신도 있었다. 단단히 마음의 준비를 하고 오랜만에 엄마가 싸준 도시락도 챙겼다. 엄마는 누나 둘이 대입 시험을 치를 때도 꼭 도시락을 싸주었는데 혹시라도 체하거나 소화가 안 될 것을 걱정하여 항상 똑같은 반찬만 싸주었다. 콩나물 무침과 미역국, 김치, 밥. 큰누나가 재수, 작은누나가 삼수를 하면서 학력고사는 수학능력시험으로 바뀌었지만 엄마의 대입 맞춤 도시락은 항상 그대로였다.

버스를 타고 배정받은 학교로 이동했다. 조금 이른 시간에 나와서 그런지 앉아서 갈 수 있었다. 괜히 기분이 좋아지면서 왠지 좋은 일이 생길 것 같았다. 벨을 누르고 결전의 장소로 가기 위해 버스 뒷문으로 가는데 뭔가 툭! 하고 떨어지는 소리가 들린다. 아래를 쳐다보니 엄마가 싸준 수능 특제 도시락이 버스 바닥에 떨어져 있었다. 이런! 미역국을 담았던 보온병이 온전히 닫히지 않아 조금씩 새다가 종이 가방을 적시고 밑동이 빠져버린 것이다. 종이 가방 아래에 정확히 직사각형으로 구멍이 뚫려 있었다.

'어쩌지?'

나의 가까운 미래를 보여주는 것 같아 불안해졌다. 무엇보다 너무 창피했다. 부랴부랴 떨어진 도시락통을 챙기고 후다닥 뛰어내렸다. 조금 더 차가워진 공기가 느껴진다. 버스에서 벌어진 일도 지워버릴 겸 더 힘차게 걸었다. 경보에 가까운 빠른 걸음으로 걷고 있는데 아차, 보온병의 뚜껑을 제대로 닫지 않았다. 버스 안에서 민망함이 너무 커 내 처신만 신경 쓰느라 정작 가장 먼저 수습해야 할 걸 잊어버린 것이다. 줄줄 새던 국물이 흘러서 손목을 타고 팔꿈치까지 전달됐다. 아주 길게 흔적이 남겨졌다. 짙게 밴 미역국 냄새는 덤이다. 화가 나고 상해버린 마음이 나를 뒤덮는다.

1교시는 가장 자신 있는 언어 영역이다. 최선을 다해서 문제를 읽어내려간다. 이상하다. 그동안 내가 봐왔던 모의고사와는 완전히 수준이 다른 문제들이 출제되었다. 모르고 넘어가는 문제가 하나, 둘 많아진다. 스멀

스멀 '망했다'의 'ㅁ'과 'ㅏ'가 글자와 문장으로 만들어지는 게 느껴진다. 겨우겨우 1교시가 지나가고 2교시, 3교시는 빠르게 흘러갔다. 마지막 영어만 남았다. 아직 끝나지 않았다. 기세 좋게 시험지를 넘긴다. 왠지 술술 풀린다. 듣기 평가도 귀에 쏙쏙 들어오고 결과가 좋을 것 같다. OMR카드를 들고 정답을 정성스레 표시한다. 이상하다. OMR카드에 표시된 정답에 5번이 없다. 이럴 수가… 정답 중에 5번이 단 한 개도 없다니. 안일하게 문제를 출제한 수능위원회를 마음껏 비웃는다.

교문을 나서면서 눈물이 주룩 흐른다. 지친 몸을 이끌고 집에 돌아와 채점을 하는데 유달리 어려웠던 언어영역은 역시나 모의고사의 70% 수준으로 점수가 나왔다. 나머지 영역의 점수도 상황은 좋지 못했다. 뉴스에서는 올해 수능이 어려웠다고 보도하고 있지만 위로가 되지 않는다. 인생을 살면서 처음으로 실패, 좌절, 그리고 미역국은 당분간 절대 먹지 말아야겠다는 걸 뼈저리게 느낀다.

아직 미술 실기가 있었으므로 얼른 나를 추슬러야 했다. 수능 점수로 모자란 부분은 실기로 메워야겠다고 다짐하고 의지를 활활 불태운다. 특히 수능이 끝나고 실기를 준비하는 기간에 실력이 엄청 늘기에, 스스로 기적을 행할 수 있는 아주 중요한 순간이다. 나 역시도 그동안 해왔던 것들이 무색해질 정도로 실력이 무섭게 늘고 있었다. 어쩌면 망쳐버린 시험을 실기로 메울 수도 있겠다는 생각이 확신으로 바뀐다.

미술학원까지 도보로 갈 수 있는 거리였지만 최대한 불필요한 동작을 아끼고 모든 에너지는 오로지 그림에만 쏟고 싶어 버스를 타고 다녔다. 언제나처럼 항상 앉아서 가던 자리로 발걸음을 옮겼다. 갑자기 주욱 하고 미끄러진다. 몸이 공중에 붕 떠 있다가 비스듬히 쿵 하고 떨어졌다. 하필이면 오른쪽으로 떨어진 게 문제였다. 금세 퉁퉁 부은 오른손을 부여잡고 병원을 갔다. 반깁스를 권한다… 그림을 그리기 위한 그립이 나오지 않는다… 재수를 결정한다… 인생이라는 한자를 처음으로 떠올리게 된다… 인생… 인생이란….

우두커니 있을 순 없어 아르바이트를 알아보기 위해 압구정동으로 향했다. 오렌지색 베네통 더플코트를 입고 길을 걷는데 누군가 나를 붙잡고 일방적으로 말을 던진다.

"영화 조감독인데요. 혹시 오디션 한번 안 볼래요? 나 이상한 사람 아니에요."

그렇게 영화《눈물》로 데뷔해서 19년째 연기를 하고 있다.

그래, 그런 거겠지

나는 살이 오를 때 양 볼부터 차오른다. 아래턱이 짧기 때문에 양 볼에 살이 오르면 뭔가 얼굴이 동글동글해져서 이건 원이라 부르기도 뭐하고 그렇다고 귀여운 것도 아닌, 내가 보기에 썩 괜찮지 않은 모습이 된다. 이것 또한 지극히 주관적인 견해인지라 다른 누군가는 오히려 양 볼에 살이 차오르는 게 나은 것 같다고 얘기하기도 한다. 그렇다 하더라도 결국은 내 만족이 가장 중요하므로 볼에 살이 차오르기라도 하는 낌새가 보인다면 급하게 다이어트에 돌입한다. 딱히 선호하는 얼굴의 모습이 있는 건 아니지만 볼에 살이 차오르는 건 두고 보기가 힘들다.

언제부터였는지 정확하지는 않지만 그런 나의 볼을

두고 견디기가 힘들어지면서 가열차게 운동에 매진했던 것 같다. 피트니스 센터에 들어가 5분 스트레칭, 15분 가벼운 유산소 운동, 30분 무산소 운동, 다시 마무리로 스트레칭을 하는 과정을 거치고 탈의실의 거울을 마주하면 양 볼이 움푹 패여 여간 만족스러운 게 아니었다. 한동안 그런 움푹 파인 양 볼을 보기 위해 하루도 거르지 않고 피트니스 센터로 달려갔었다. 나중에 욕심이 과해져 기구 운동에 너무 열중한 나머지 큰 부상을 당해 관두게 되었지만 아주 오랜 기간 나에게 가장 큰 만족감을 주는 행위로 기억한다. 원인이 운동 때문만은 아니었겠지만 허리에 큰 수술을 하고 난 뒤부터는 무리해서 몸을 쓰거나 무거운 기구를 들어야 하는 행동은 멀리하게 되었다.

사정이 이렇다 하여도 양 볼에 살이 차오르는 걸 내버려둘 수 없던 나는 다른 방법을 모색하게 된다. 결국 식단을 조절하고 끊임없이 걷거나 잠시도 몸을 내버려두지 않는 방법을 썼다. 불현듯 생각이 떠오르면 장소가 어디건 스트레칭을 했으며 약속 때문에 외출하는 일이 생기면 도착하는 곳이 우리 집과 아무리 멀리 떨어져 있다 하여도 두 발로 걸어서 가곤 하였다. 너무도 당연하게 살은 점점 빠졌고 내 양 볼은 더 깊게 움푹 패였다.

그런 내 얼굴을 바라볼 때면 묘한 성취감이 더해져 마치 중독된 것처럼 더 극단적으로 내 몸을 다루기 시작했다. 끼니를 거르는 날은 많아졌고 내 몸 안에 쌓여 있는 최소한의 연료로 살을 태우고 신체를 작동시켰다. 충분한 영양소가 뒷받침되지 않았기 때문인지 지방뿐만이 아니라 근육도 조금씩 빠져나가기 시작했다. 이즈음 들어서는 무엇 때문에 스스로를 이렇게 다루고 있는지 목적도 없이 습관과 중독이 뒤섞여 매일매일 같은 행위를 반복하고 있었다.

결국 탈이 나기 시작했다. 움푹 패인 양 볼은 피부에 탄력이 없어져 생기를 잃었으며 한없이 마른 내 몸은 여기저기서 통증으로 날 원망하는 신호를 보내고 있었다. 한 번 잃어버린 원래의 몸을 다시 되돌리는 건 쉽지 않았다. 차곡차곡 쌓여 있던 데미지가 떼쓰는 아이를 달래기 위해 할머니가 벽장에 숨겨놓은 곶감을 꺼내듯이 한 번씩 그렇게 절대적인 힘을 발휘해 나에게 엄청난 타격을 주었다.

중간에 지치기도 해 한 번씩 멈추기도 했지만 여전히 잃어버렸던 내 몸을 열심히 되돌리고 있다. 내가 노력하는 것만큼 토라진 내 몸이 즉각적으로 반응해주지는 않는다. 도리어 한 번씩 엄청난 통증을 보내어 긴장을 늦추지 말라고 따끔한 충고를 해준다. 내 양 볼은 나이 때문인지는 모르겠지만 예전처럼 애를 쓰지 않아도 조금의 피곤함만 더해지면 움푹 파인다. 살이 차올라도 이제는 볼이 아니라 배로 가장 먼저 달려가기 시작했다.

지나고 나서야 혹은 겪고 나서야 깨닫게 되는 것들이 있다. 난감한 건 깨달았다고 해서 갑자기 좋은 방향으로 선회되거나 드라마틱한 변화가 갑자기 오지는 않는다는 거다. 그냥 그대로 달라지는 것 없이 지금의 내 상태로 머물러 있는 게 일반적인 상황일 것이다. 그렇게 보기 싫던 내 볼의 통통함도 이제는 세월과 나이라는 자연스러운 섭리에 의해 만나지 못하는 존재가 되었다.

어쩌면 내가 부단히 애를 쓰지 않아도 결국 떠나갈 존재였던 것이다. 늦었지만 이제라도 가혹하게 다뤘던 내 몸에서 무엇이 떠나버렸는지, 나를 붙잡고 있던 무언가를 굳이 매몰차게 밀어낸 건 아닌지 깊게 생각해본다. 미리 헤어지지 않아도 될 무언가가 있었던 것 같기도 하고 혹은 자연스러운 섭리의 흐름에 따라 떠나버린 것 같기도 하고… 지금은 명확하게 알지 못할 것 같다. 또 한참을 지나고 난 후에야 알게 되겠지? 어쩌면 영영 알지 못할 수도 있고.

그래, 그런 거겠지.

찌질하지만 책이 있었지요

아주 오래 백수로 머물렀던 적이 있다. 머물렀다는 표현을 써도 될 만큼 몇 년을 일 없이 보냈다. 배우라는 직업은 본인이 일을 선택하기도 하지만 대부분 누군가에게 선택되기를 기다려야 한다. 나 역시도 언제가부터 선택할 수 있는 입장에서 선택을 기다려야 하는 입장으로 달라지고 있었다. 여러 가지 원인이 있겠지만 무엇보다 나 자신이 가장 큰 이유였다. '뭐가 그렇게 간단해?'라고 묻는다면 어쩔 수 없다. 지금에 와서 이런저런 것들을 늘어놓는 건 뭔가 변명하는 것 같기도 하고, 이미 지나가버린 흔적을 굳이 뒤적거려가며 헤아리고 싶지 않은 마음이 크다. 괴로웠던 흔적이 뚜렷하게 드러나버리면 내가 너무 곤란할 테니 말이다. 아주 괴롭고 힘든 시간이었던 건 분명하다.

매일같이 잠도 몇 시간 자지 못하고 촬영장으로 불려 다녔던 한창때의 나를 떠올리면 마치 인수분해를 하듯 내가 이해할 수 없는 계산으로 감당할 수 없는 괴로움의 값이 도출되곤 했다. '왕년에 내가 말이야….' 같은 허세가 아니라, '불과 1년 전만 해도 이렇지 않았는데…'라는 식으로 아주 가까운 과거의 나를 돌아보는 일이기에 매우 고통스러운 과정 중 하나였다.

나라는 인간은 속상한 마음이 깊어지면 해결하는 길을 모색하기보다 스스로를 더 속상하게 만들어버리는 못된 습관이 있었는데, 그 당시에 나는 스스로를 학대하는 방법으로 담배를 선택했다. 말보로 레드를 연신 독하게 피워대며 몸을 학대하기 시작했다. 술을 잘 마실 수 없었기에 과음하듯 그렇게 담배를 태우고 또 태웠다. 안타까웠던 건 술은 취하면 쓰러져버리기라도 하는데 담배는 정신을 멀쩡한 상태로 일정하게 유지해준다는 거였다. 개비가 늘어날수록 생각이 더해지고 그것이 합을 이뤄 가지를 셀 수 없는 거대한 상념 덩어리로 만들어버렸다.

백수로 지내면서 가장 괴로웠던 건 불어나버린 이 생각들이었다. 멈춰지지도 않고 멈출 수도 없는 생각들. 1년 정도를 그렇게 지내다 도저히 버틸 수가 없어 어렵게 외출을 시도했다. 달라지는 건 크게 없었다. 사람들을 만나면 만나는 대로 생각이 더해졌고, 얼굴이 알려져버린 직업이라 자유롭게 다닐 수 없을 것 같아 더 움츠러들게 되었다. 역시나 담배의 양만 더 늘어났다. 끼니도 거를 때가 많아 몸도 더 이상 버티기 힘들다는 신호를 보내기 시작했다. 몸무게는 백수로 지내는 시간의 흐름보다 더 빠른 속도로 줄었다. 세수를 하려고 거울을 보면 얼굴 가죽이 힘없이 축 늘어진 게 육안으로도 어렵지 않게 확인될 정도였다. 볼이며 눈 밑 여기저기가 장맛비가 내린 뒤 사방이 움푹 파인 비포장도로 같았다. 이런 나를 마주한다는 게 무서워지기 시작했다. 나를 더 불안하게 했던 건 나아질 수 있을 거라는 기대가 전혀 들지 않는다는 점이었다.

백수로 지내는 시간은 점점 더 길어졌고 몇 년이나 흘렀는지 기억도 흐릿해졌다. 무엇이 문제였을까?

'그래… 나야. 내가 문제인데… 뭘 어쩌라는 거지? 내가 문제인데 나보고 어떻게 하라고…?'

알 수도 없고 알고 싶지도 않았다. 그저 하루가 빨리 지나갔으면 하고 바랄 뿐이었다.

모두가 잠드는 밤, 나만 깨어 있는 시간이 찾아오기를 기다렸다. 당시에는 심한 불면증까지 겪고 있던 터라 눈을 감고 있는 시간보다 멍하니 깨어 있는 시간이 더 많았다. 수면제를 들이부어도 잠을 이루기가 힘들었다. 알약의 개수가 늘어갈수록 두 번 다시 이 경험을 하고 싶지 않다는 절박한 다짐도 함께 했다. 살아야 했다. 이제는 직업인으로서 내 모습보다 자연의 내가 살아야겠다는 이상한 마음이 불쑥 튀어나왔다.

가장 먼저 움츠리고 찌들어 있던 나부터 환기해야겠다고 생각했다. 모자를 깊게 눌러쓰고 아직까지는 멀쩡한 두 다리로 여기저기 움직였다. 무작정 걷기 시작했다. 무언가를 크게 기대하고 했던 건 아니었지만, 적어도 그때만큼은 담배를 멀리할 수 있었고 무엇보다 머리가 가볍게 비워지는 기분이 들어 멈출 수가 없었다. 그렇게 매일 이른 아침부터 목적지 없이 걷고 또 걸었다. 하루에 적게는 4시간, 많게는 시간을 셀 수 없을 만큼 그렇게 걸어 다녔다. 망가졌다고 생각했던 몸이 조금씩 괜찮다는 신호를 보내기 시작했다. 생각을 덜어내니 조금은 멀쩡한 상태에서 나를 마주할 수 있게 되었다. 몸은 더욱 솔직한 반응으로 끼니를 요구하며 아주 조금씩 직업인이었을 때의 상태로 돌아오고 있었다.

몸은 제자리로 돌아왔지만 무너진 마음은 쉽게 돌아오지 않았다. 처음으로 나에게 사과를 했다.

'잘못했다고….'

이제는 다시 연기를 해야겠다는 생각도 들지 않았다. 스무 살부터 연기를 했던 내가 서른 살을 훌쩍 넘겨서 어떤 새로운 걸 할 수 있을까? 주어진 현실이 막막하게 나를 노려보고 있었다. '어쩌지?' 하는 주저함은 들지 않았다.

그저 무언가를 하고 싶었다. 그게 무엇일까? 불현듯

책이 떠올랐다. 내가 그동안 해보지 않았던 것. 연기를 하면서 시나리오나 대본은 수도 없이 읽었지만 정작 책은 멀리했었다. '어차피 내가 읽는 것들이 소설과 비슷하지 않은가'라고 착각했었다. 장르를 가리지 않고 막무가내로 읽어대기 시작했다. 재밌는 책들은 밤을 새워가며 읽었고 조금씩 책에도 내 취향이 생기기 시작했다. 찰스 부코스키의 소설을 읽던 어느 날 갑자기 글이 쓰고 싶어졌다. 뚜렷하게 무엇이라 얘기하기는 어렵지만 결혼식 식순처럼 자연스럽게 정해진 절차를 만난 기분이었다. 백수로 지낸 지 4년쯤 되던 해였다.

대화를 할 수 있는 공간

지금은 없어진 연합고사라는 것이 있었다. 중학생들이 인문계 고등학교에 진학하기 위해서 거쳐야 하는 시험인데, 그렇다고 해서 원하는 학교에 지원할 수 있는 것도 아니고 마음속에 품고 있는 세 개의 학교를 적어 넣으면 소위 뺑뺑이로 배정해주는 방식이었다. 굳이 이럴 거라면 연합고사라는 거창한 이름의 시험이 왜 필요했는지 아직도 의문이 많다. 적당한 점수를 성적으로 받는다고 해도 원하는 학교에 갈 수 없는 뭔가 석연치 않은 이 시험의 마지막 세대가 나였다. 이전부터 무언가 부글부글 끓어오르는 게 느껴져서인지 '이거 이러다가는 넘쳐흘러서 수습이 어렵겠는 걸.' 하고 우리를 끝으로 연합고사는 폐지되었다.

마지막이라 그런지 커트라인 점수도 역대 최저여서 어렵지 않게 고등학교에 진학을 하게 되었다. 원하는 세 개의 학교 중 마지막 칸을 비워둘 수는 없어서 채워 넣었던 고등학교에 덜컥 입학이 되었다. 내가 다니던 중학교는 주택이 즐비하게 자리 잡은 곳에 위치해 있어 흔히들 떠올리는 학교 풍경과는 거리가 멀었다.

반면에 고등학교는 아주 번화한 곳에 있어서 주변 풍경이 너무 새롭게 다가왔다. 근처에 대학교들도 여럿 자리를 잡고 있던 터라 대학가의 그것과 오히려 흡사하다고 생각하면 되겠다. 수많은 옷가게와 주점들이 자리 잡고 있었으며 곳곳에 '커피숍'이라는 이름의 카페가 약속이나 한 듯이 모두들 2층에 위치해 있었다. 상호명도 팡세, 베르사체, 채널 심지어 영자로 'chanel'이라고 표기되어 있었지만 간판에는 '채널'이라고 고딕체로 떡하니 써놓고 있었다. 모두들 유럽의 그 어느 곳을 떠올리게 하는 일관되고 공통된 느낌이 있는 상호명이었다.

지금의 커피 전문점과 가장 큰 차별점이 있다면 각각

의 테이블마다 유선 전화기가 한 대씩 설치되어 있었다는 사실이다. 지금처럼 핸드폰이 있던 시절이 아니라 사람의 음성을 1분 남짓 녹음하고 자신의 연락처를 남기면, 작고 네모난 삐삐라는 기계에 발신자의 전화번호가 문자처럼 남겨지고 음성은 전화기로 확인해야 했다. 이와 유사하게 음성사서함이라고 하는 서비스도 유행하였는데 개인 통신 사서함을 이메일 만들듯이 하나 만들어서 간단한 자기소개를 녹음하면 그 음성만 듣고 무작위로 선별된 누군가가 답신을 남길 수 있는 시스템이었다. 당시에 인기가 많았던 연예인들도 각자의 음성사서함이 있을 정도였으니 그 인기는 대충 짐작이 될 거라 생각된다.

상황이 이렇다 보니 전화기는 필수 아이템이 될 수밖에 없었다. 젊은 사람들이 많이 몰려드는 곳일수록 전화기가 있는 곳은 항상 사람들이 북적였다. 지금의 사람들이 카페에서 스마트폰을 연신 쳐다보듯 당시에는 커피숍 테이블에 놓여 있는 전화기로 번갈아 가면서 각종 사서함의 음성을 듣거나 자신의 삐삐에 남겨진 음성을 확인했었다.

커피숍이라는 이름을 하고 있었지만 간단하게 끼니를 해결할 수 있는 볶음밥이나 돈까스를 팔기도 했으며 특이하게 꼭 후식이 기본으로 메뉴에 포함되어 있었다. 탄산음료, 녹차, 커피 중 하나를 선택하면 되는 것이었는데 대부분 탄산음료를 선택했던 기억이 있다. 음료 중에 가장 인기가 많았던 것도 커피가 아니었다. 긴 유리컵에 각종 과일과 생크림 등을 탑처럼 쌓아올려 보는 재미까지 출중했던 파르페라는 음료가 단연 인기가 좋았다. 가격도 가장 비쌌는데 찾는 이들이 많았다. 커피는 두 종류가 있었다. 블랙커피와 헤이즐넛. 향 때문인지 대부분 헤이즐넛을 선택했다.

번화한 동네의 고등학교에 입학하고 알게 된 90년대 커피숍 문화는 내게 의자가 있는 실내에 들어가 음료를 한 잔 주문하고 몇 시간씩 대화를 할 수도 있다는 놀라움과 깨달음을 알려주었다. 중학교 시절까지만 해도 실내에서 가장 오래 대화를 할 수 있는 공간은 집이거나 학교였다. 그나마 학교도 수업 때문에 대화를 아주 길게 할 수 없었으니 집이 유일했다고 할 수 있겠다. 기분이 좋지 않을 때도 아주 기쁜 일이 있을 때도 친구들과 이런저런 얘기를 주고받으며 마음을 나누는 만족감은 고등학교 시절 나에게 가장 큰 즐거움이었다.

지금의 커피 문화를 얘기할 때 항상 언급되는 카페라는 공간만큼 끼니까지 해결할 수 있던 90년대 커피숍 또한 한 번쯤은 짚어봐도 좋을 것 같다는 생각을 했었다. 물론 공간 그 자체와 당시의 유행이 복합적으로 작용해 아주 잠깐 반짝했던 곳이기는 하지만 90년대 후반 남고에 다니는 고등학생에게 대화라는 즐거움을 알려주었던 곳은 거기가 유일하다. 아마도 지금의 카페 문화 확장에 그 당시에 나처럼 커피숍의 즐거움을 알았던 사람들이 아주 조금은 기여했을 수도 있겠다는 생각이 든다.

커피는 수많은 대화가 오고 가며 잠깐 호흡을 고르고자 한 모금씩 마실 때 가장 맛이 좋은 것 같다. 불필요하게 솟아 올라왔던 감정도 그때 조금은 정리할 수 있지 않을까 싶다. 그래야 재밌는 이야기를 계속할 수 있을 테니 말이다.

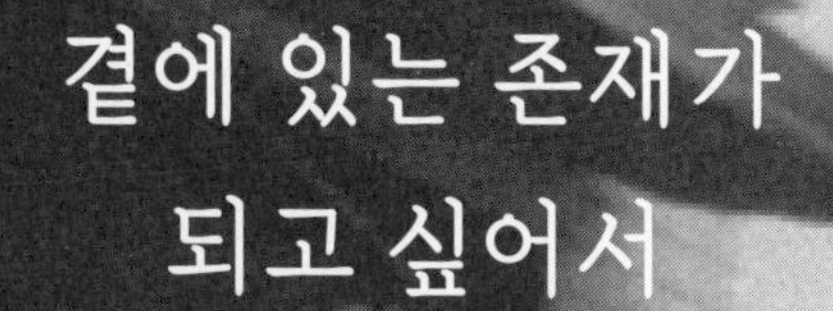

곁에 있는 존재가
되고 싶어서

그대 그리고 나

언제였더라… 아버지 양복 안주머니에서 두툼한 만원짜리 지폐 뭉치를 발견했었다. 아마 중학교 1학년 즈음으로 기억하는데 무엇 때문에 아버지의 양복 안주머니를 살피게 되었는지는 기억이 나지 않지만, 그곳에 현금이 한 뭉치 있었다는 건 또렷이 기억난다. 처음에는 너무 많은 금액이라 깜짝 놀라서 얼른 제자리로 돌려놓았고, 이틀 정도 뒤에는 아직 그대로인가 궁금해서 다시 한 번 확인을 했었다. 두툼한 돈은 내가 돌려놓은 위치에 그대로 머물러 있었다. 왜 내 심장이 쿵쾅거리는 건지 알 수는 없었지만 너무 큰 금액에 뭔가 무서운 마음이 들었던 것 같다.

아버지는 어디에서 이런 돈이 생긴 거지? 뚜렷한 직

업도 없던 아버지에게 누군가 돈을 그냥 줬을리도 만무하고 혹시나 어떤 나쁜 일에 휘말리게 된 건 아닌가 하고 괜시리 무서웠다. 그렇게 보름 정도를 내가 숨겨놓은 돈인 양 아버지가 집에 없을 때면 몰래 돈의 존재를 재차 확인했었다. 그러다 문득 한 장만 없어지면 아무도 모르지 않을까? 하는 생각이 들었다. 만 원짜리가 이렇게 여러 장인데 한 장 정도는 사라져도 왠지 모를 것 같았다. 후에 돈을 벌게 되면서 이런 생각이 얼마나 어리석었는지 깨닫게 되었지만 그때의 나는 정말 아무도 모를 거라고 생각했다.

수많은 고민 끝에 드디어 실행에 옮기기로 결심하고 살짝 땀에 젖어 있던 두 손바닥을 천천히 소리 없이 비벼댔다. 그래도 터질 것 같은 심장을 부여잡고 만 원을 겨우겨우 내 주머니에 챙겨 넣었다. 도망갈 필요도 없었지만 옷장 문을 닫자마자 마치 남의 집인 것처럼 재빨리 몸을 움직여 밖으로 뛰쳐나갔다. 그런데 너무나 당황한 나머지 입구를 제대로 찾지 못하고 우왕좌왕했다. 우리 집 입구를 내가 찾지 못하다니. 누가 전해 듣는다면 엄청 넓은 집에 산 것처럼 보이겠지만, 방 두 칸, 10평 중반 크기의 집이었다. 한참 만에 찾은 현관에서 운동화도 제대로 신지 못하고 슬리퍼를 신듯 발을 구겨 넣고 힘이 잔뜩 들어간 다리를 움직였다.

무엇을 피해 도망치려고 했는지 모르겠지만 한참 뛰고 나서야 나는 헐떡거리며 멈추었다. 다리에 힘이 쭉 빠지면서 그대로 길바닥에 털썩 주저앉았다. 행여 누군가 볼까 봐 바지 주머니 깊숙한 곳에 쑤셔 넣은 만 원을 확인도 못 하고 손 끝으로 겨우 지폐의 존재를 확인했다. 다음날 교복 안주머니에 곱게 숨긴 만 원을 꺼내서 평상시에 갖고 싶었던 프라모델을 구매했다. 물건을 파는 사장님이 돈의 출처를 물을까 봐 연신 침을 꼴깍꼴깍 삼켰던 기억이 난다. 계산을 하고 집으로 돌아왔다. 잔뜩 긴장한 채 아버지의 동태를 살폈지만 나의 범죄를 눈치챈 것 같지는 않다. 그럼 그렇지…. 지폐가 그렇게 많았는데 한 장 사라진 걸 어떻게 알겠어? 안도하며 가슴을 살짝 쓸어내리고 구매한 프라모델을 열심히 조립하기 시작했다. 정성스럽게 도구를 이용해 자르고 다듬으며 본드로 붙여주었다. 금세 하나를 다 완성했고 박스 겉면에 나열되어 있는 또 다른 시리즈 프라모델 광고가 눈에 들어왔다.

문득 한 2만 원 정도만 더 감춘다면… 모를까? 하는 생각이 든다. 다시 깊은 장고에 들어간다. 아버지가 집을 비울 때마다 옷장 근처로 다가가 돈의 존재를 재차 확인하고는 울렁거리는 마음을 다독인다.

"그래, 어차피 두 장 없어지는 건데 모를 거야. 설사 들켜도 아니라고 딱 잡아떼면 되지."

결심이 서고 다시 아버지의 돈에 손을 댔다. 2만 원을 슥 빼 왔고 심장은 쿵쾅거렸지만 두 번째라 그런지 몸동작은 제법 이성적으로 작동했다. 다급하지 않게 교과서 안쪽에 돈을 숨기고 숨을 크게 내뱉었다. 몇 시간이 흐른 뒤 아버지가 집에 돌아오셨고 얼굴을 마주하고 밥까지 먹었지만 나의 표정과 행동에서 어떤 내색도 드러나지 않았던 것 같다.

다음날 더 큰 사이즈의 프라모델을 구매했고 내 범죄

도 더 대담해졌다. 이렇게까지 들키지 않는 거라면 정말 끝까지 속일 수 있을 것 같았다. 두 장, 세 장, 한 장… 아버지의 안주머니에 내 손이 바삐 오갔다. 당연히 처음 만져봤던 지폐의 두께는 현저히 얇아졌고 도저히 더는 모르겠지? 하고 가져갈 수 있는 상태가 아니었다. 아쉽지만 그만둬야 할 때가 온 것이다. 너무나 아쉬웠지만 들키지 않았다는 안심과 앞으로 벌어질지 모를 상황에 대비해서 굳게 마음을 다잡았다. 일주일 정도 아버지의 눈치를 살펴보다 내가 저지른 일련의 사건이 완전범죄로 종결이 됐다는 확신이 들었다. 들킬지도 모른다는 걱정에 잔뜩 올라와 있던 불안한 마음의 울렁거림을 사정없이 내쫓아버렸다. 인간은 간사하기에 언제 그랬냐는 듯 일상으로 금방 복귀해버렸다.

그렇게 학생의 본분을 다하는 하루하루를 보내고 있던 어느 날 불현듯 아버지의 안주머니가 다시금 궁금해졌다. 특별한 이유가 있었던 건 아니고 어느 추리소설에 나올 법한 이유이긴 한데 그저 내가 범인이기에 범죄 현장이 궁금했던 것 같다. 옷장 안에 정리되어 있는 아버지의 재킷이 어디로 사라질 것도 아니었지만, 다시 한 번 내가 저지른 현장을 확인하고 싶었다. 조심스레 옷장문을 열고 회색 슈트의 재킷 안주머니에 손을 스윽 넣어본다. 어? 두툼한 종이 뭉치가 느껴진다. 다시 심장이 미친듯이 펌핑을 시작한다. 마치 재촉하듯이…. 처음이 무서웠지 이번에는 일말의 망설임 없이 그 두툼한 감촉의 종이 뭉치를 스윽 꺼내본다.

손끝에 느껴졌던 감촉은 그대로였는데 지폐의 색깔이 달라져 있었다. 붉은색 계열의 천 원짜리기 두툼하게 말려 있었다. 쿵쾅거리던 심장은 이내 침착해졌고 단위가 달라져서인지 나도 선뜻 이 돈을 어떻게 하기가 뻘쯤해졌다. 들고 있던 천 원짜리 뭉치를 본래의 자리에 곱게 넣어놓고는 옷장 문을 닫아버렸다. 기분이 이상했지만 깊게 생각하지 않기로 했다. 당시에 나는 아버지와 관련된 모든 것을 외면하기 바빴다. 그래야 당신에게 나의 미움이 온전히 닿게 될 거라 믿었다. 아버지란 존재는 조금만 생각이 깊어져도 연민이라는 감정이 왼쪽 가슴을 때리기 때문에 너무나 불편했다. 난 끝까지 당신과 가까워지지 않으리….

그 후로도 가끔 아버지의 재킷 주머니를 확인하고는 했었다. 여느 때와 다름없이 회색 슈트의 왼쪽 안주머니, 두툼하게 느껴지는 감촉, 어김없이 천 원짜리가 한 아름 곱게 모아져 있는…. 아버지가 어쨌든 돈은 벌고 있구나… 처음 돈을 슬쩍 가져올 때와는 다른 안도감이 느껴졌다. 그렇게 몇 번을 확인해보다 문득 왜 항상 같은 옷에 이렇게 돈을 넣는 건지 궁금해졌다. 아버지에게 직접 묻고 싶었지만 그건 나의 범행을 자백하는 거라 차마 여쭤볼 수는 없었다.

그렇게 저렇게 시간이 흐르고 작은 호기심도 사라지고 점점 양복 안주머니 돈에 대한 관심이 흩어졌다. 그저 아주 가끔씩 용돈이 떨어질 때면 천 원, 이천 원 정도를 가져가기는 했지만 그마저도 양심이 뒤늦게 쿡 쿡 심장 아래쪽을 찔러대서 그만두기로 했다. 도벽으로 발전하지 못한 나의 일탈은 까마득하게 지워진 나만의 비밀이 되었고, 성인이 되고 사회활동을 또래보다 일찍 시작한 나는 아버지께 용돈을 두둑하게 드리는 아들이 되어 있었다. 양심이 있었던지라 괜히 더 많이 드린 걸 부인하지는 않겠다. 용기 있게 용서를 빌지는 못했지만 이자에 이자를 더하는 것으로 조금은 죗값을 들어내는 거라 생각했다.

갑작스럽게 아버지가 돌아가시고 장례를 급하게 치른 뒤에 엄마랑 아버지의 짐을 정리하게 되었다. 옷가지를 정리하며 아버지에 대해서 이러저러한 넋두리를 기어이 뱉어내시던 엄마는 아버지가 자식들에게 받은 용돈을 곱게 모아놓은 봉투를 발견하시고는 이렇게 홱! 가버리실 거 돈이라도 맘껏 쓰다 가지 뭘 이렇게 꽁꽁 싸매고 있었냐고… 그러면서 은근슬쩍 어디 다른 곳에 감춰놓은 건 없는지 열심히 옷가지를 뒤지셨다. 그러다 옷걸이에 걸려 있는 양복 하나를 꺼내시고는 이러신다.

"아이고, 아이고… 여기도 그대로 있네. 이 영감탱이는 꼭 천 원짜리를 여기에 두고…."

무슨 말인가 싶어 시선을 따라가니 눈에 아주 익숙한 회색 양복이 들어왔다. 아차, 내가 어릴 때 나쁜 짓을 하던 그 옷이다. 갑작스럽게 옛 기억이 떠오르면서 입을 꾹 다물게 되었다. 내가 어떤 말을 하게 되면 그건 정말 양심이 없는 거라는 죄책감이 뒤늦게 내 마음을 침범하고 뒤덮어버렸다. 엄마는 말을 이어간다.

"하도 돈을 찾기 쉬운 곳에 두길래 혹시 도둑이라도 들어서 그나마 없는 돈도 싹 다 가져가면 어떡하냐고 엄청 뭐라고 그랬는데… 그럴 때마다 쓸데없는 소리 하지 말라면서 태규가 나중에 용돈이라도 필요하면 쉽게 꺼내주기 편하게 그곳에 둔 거라고… 말 같지도 않은 얘기를 하더라고…. 그래서 내가 아들내미가 어릴 때부터 자기 먹고살 거는 알아서 잘 벌고 있는데 그런 몇 천 원이 부족해서 그걸 달라고 하겠냐고 그렇게 타박을 줬는데…. 쯧쯧… 이놈의 영감탱이 이제는 용돈을 주고 싶어도 못 주겠네. 태규야, 너 이제라도 이거 가져가라!"

엄마의 얘기를 듣다 나의 모든 시간이 멈춰버렸다. 아버지는 내가 만 원짜리에 손을 댈 때부터 알고 있었던 것 같다. 벌이가 시원찮은 아버지는 몇만 원씩 사라지는 걸 감당할 수 없었던 것이다. 그렇다고 아들을 다그치거나 혼내고 싶지 않았던 것 같다. 그만두기를 기다렸다. 아들은 나쁜 행동을 멈추지 않았고, 방법을 생각해낸 것이 돈의 단위를 낮추는 거였다. 이렇게 된다면 아들을 나무라지 않아도 되고, 경제적으로 무능력한 아버지라 할 수 없던 것들을 그나마 조금이라도 해줄 수 있다고 여긴 것 같다. 그러다 아들이 멈추어준다면 다행이고 아니라 해도 본인의 방식으로 아들을 기다리려고 했을 것이다.

너무 먹먹하고 부끄러워서 참을 수가 없었다. 엄마가 쥐여주는 한 움큼의 천 원짜리 지폐 뭉치를 받으면서 입술을 꼭 깨무는 것처럼 있는 힘껏 손을 움켜쥐었다. 서른이 훌쩍 넘어 있던 나는 가장 무섭고 올바른 훈육을 경험하게 되었다.

FLEX

엄마는 속이 상할 때면 내 앞에서 아버지 흉을 종종 보셨다. 여러 가지 말씀을 하셨는데, 그중에서도 허세에 관한 얘기가 가장 많았다. 살림이 넉넉하지 못한 편에 속했기에 금전적으로 항상 쪼들렸던 엄마는 현실과 가장 맞닿아 있는 공격 포인트로 아버지를 비판했다. 내가 태어나기 전인 신혼 초에도 시집살이에 겨우겨우 하루를 버티며 살던 엄마는 시내에 나가서 양복을 맞춰 입고 오는 남편을 볼 때면 부아가 치밀어 올라 잠이 안 왔다고 한다. 방에 걸려 있는 양복을 짝짝 찢어버리고 싶었지만 그마저도 아까워서 차마 그러지는 못했다고 얘기했다.

내가 태어나고 나서도 아버지는 아주 가끔씩 쇼핑을

하셨는데 그럴 때면 먹고살 돈도 없는데 쓸데없는 곳에 돈을 퍼다준다고 엄마는 화를 내셨고 아버지는 뭐 그런 얘기를 하냐고 슬쩍 자리를 피하셨다. 나에게 흉을 볼 때는 대부분 젊었던 아버지의 모습이 타깃이었다. 어느 날은 하얀색 양복을 맞춰 입고 갑자기 제주도로 여행을 떠나버리셨던 아버지는 항공편이 잘 갖춰져 있던 시대가 아니기에 배를 타고 몇 날 며칠을 더 머물다 오셨다고 한다. 밭일을 하시던 어머니는 손에 쥐고 있던 호미를 들고 당장 '이놈의 영감탱이를 잡으러 가야겠다'라고 생각했지만 처한 현실은 속을 썩히며 기다릴 수 밖에 없었다.

엄마는 절대 너는 그렇게 살면 안 된다는 얘기를 수도 없이 주입시켰다. 듣고 있던 내 입장에서는 집안도 망하고 아버지도 오랫동안 실직을 한 상태로 집안에만 머물러 있는 모습을 보아 왔기에 엄마의 얘기가 크게 와닿지 않았다. 그저 아주 예전에는 아버지가 옷도 좋아하고 여행도 좋아하는, 집안 살림은 안중에도 없는 한량이었구나 하고 생각했었다.

어느 날 불현듯 아버지가 동네 시장으로 날 끌고 가셨다. 평상시에는 나와 어디를 가자고 하는 분이 아니었기에 적잖이 놀랐었다. 가끔 당신의 등을 밀기 위한 목적으로 나를 목욕탕에 데리고 가는 것 말고는 처음이었다. 얼떨떨한 상태로 시장으로 나섰다. 여기저기를 둘러보시고는 아동복을 파는 조그만한 자판으로 가셨다. 이것저것을 휙휙 훑어보시고는 뉴욕 양키스의 유니폼 배색으로 되어 있는 후드티셔츠를 고르셨다. 내 몸통에 이리저리 대보시고는 계산을 하셨고 까만 비닐봉투에 담겨진 옷을 가지고 밥을 먹으러 가자고 하셨다. 동네에 하나 있는 프랜차이즈 국밥집에 들어가 가장 비싼 소고기국밥을 시켜주셨다. 서로 말없이 꾸역꾸역 먹었다. 나도 아버지도 밥 먹는 속도가 빨랐기에 경쟁하듯이 그 뜨거운 국밥을 후루룩 먹었다. 신기한 건 반찬으로 나온 깍두기가 모자랄 것 같으면 내가 눈치채지 못하게 챙겨주셨다는 사실이다. 당시에 나는 무능력하고 친절하지 않았던 아버지에게 기대하는 바가 거의 없었으므로 그 모습이 낯설고 기이했다.

"음료수 마실래?"

아버지가 물어본다. 너무 놀란 나는 대답을 못 하고 아버지를 쳐다보았다. 지금 이 상황이 너무 기괴해서 긍정과 거절의 대답도 찾지 못할 만큼 당황하였다. 겨우 말을 꺼낸다.

"싫어…."

잠깐 나를 쳐다보던 아버지는 내 대답을 수습하려는 듯 다시 국밥을 급하게 욱여넣는다. 입안에 가득 차 있는 음식물을 씹으며 슬쩍 나를 본다. 행여나 내가 먹던 숟가락을 놓을까 걱정되셨는지 더 먹으라고 눈짓을 한다. 혹시나 기분이 언짢아진 아버지에게 혼이 날까 봐 다시 국밥을 입안에 밀어넣었다.

식사를 마치고 집으로 돌아가서는 검은 봉투에 들어 있던 옷을 건네신다. 아무 말 없이 받아들고 서 있는 나에게 "잘 입어"라고 얘기하신다. 근처에서 식당을 하고 계시던 엄마에게 아버지가 옷을 사주셨다고 얘기했다.

"그놈의 영감탱이가 하루벌이했다고 아들내미 옷은 챙겨줬나 보네."

속이 상하신 건지 다행이라고 생각하신 건지 어린 내가 판단하기 어려운 감정을 담아 말을 쏟아내셨다.

"젊었을 때도 돈만 벌면 그렇게 옷을 사대더니 그래도 양심은 있는지 자식이 생겼다고 자기한테는 이제 안 쓰나 보네. 어이구…."

고정적인 직업이 없으셨던 아버지는 그날 하루 일하고 받아오신 일당으로 제일 먼저 나에게 옷을 사주고 국밥을 사주신 거였다. 돈도 못 벌고 한없이 무능력한 아버지가 할 수 있는 최고의 허세를 나에게 부렸던 것이다. 다음 날 아침 아버지가 사주신 'NY'가 큼지막하게 새겨진 후디를 입고 학교 갈 준비를 하고 있었다. 그 모습을 물끄러미 바라보던 아버지가 한마디 던지신다.

"예쁘다."

허망하게 돌아가시기 전까지 단 한 번도 들을 수 없었던 말이다. 그때 역시나 당황했던 나는 아무런 말도 하지 않고 쌩하니 나가버렸다.

지금은 그게 그렇게 후회스럽지만 당시에 나는 사이

가 좋지 않은 아버지와의 그런 상황이 견디기 힘들었다. 최소한의 말도 할 수 없었던 나는 한동안 아버지가 사주신 옷을 매일 입고 다녔다. 같은 반의 짝꿍이 너는 옷이 그것밖에 없냐며 거지 같다고 놀려도 매일같이 그 옷을 입고 학교를 다녔다. "감사합니다"라는 한마디보다 놀림을 당하더라도 매일 그 옷을 입는 게 쉬웠다. 내가 아버지에게 부릴 수 있는 가장 큰 허세는 그런 거였다.

나도 한마디 할 걸 그랬다.

"예쁘죠."

아들입니다만

밥 먹고 살기가 빠듯했던 부모님과 떨어져 살던 나는 잊을 만하면 시골 큰집으로 오셔서 얼굴만 비추는 아버지가 싫었다. 엄마야 애초부터 오시지를 않았기에 어떤 감정이 생겨나지 않았지만 가끔 오시는 아버지는 그래도 피붙이라고 어색하기는 했지만 나쁘지 않았다. 막연하게 '오늘은 날 집으로 데리고 갈지 모른다는' 기대감도 있었다.

가족들과 떨어져 홀로 산골에 있는 큰집에 맡겨진 나는 그리움이라는 감정보다 심심하고 쓸쓸한 마음이 너무나 힘들었다. 가장 두려운 건 시간이 정말 느리게 흘러간다는 것이었다. 바닥을 보고 동네 구석구석을 돌아다녀도, 하늘을 보고 여기저기를 돌아다녀도 하염없이 낮이었다. 깜깜한 저녁이 되어야 하루가 끝났다는 실감이 크게 다가왔다. 시골은 어둠이 이른 시간에 찾아오는데도 유독 나에게만 천천히 다가오는 것 같았다. 4살 정도의 아이가 한가득 쌓여 있는 시간을 소비한다는 건 쉽지 않았다. 또래 아이들도 많이 없었으며 그나마 있던 친구들도 서울에서 온 나를 본인들의 무리에 편히 끼워주지 않았다. 당시 아이들의 마음을 짐작해보건대, 부모가 없는 아이는 같이 놀기에 부담스럽고 또 같이 놀면 안 된다고 생각했던 것 같다. 너무 어렸기에 서러움 같은 걸 느낄 수는 없었고 다만 신나게 놀고 싶었는데 그러지 못한다는 아쉬움이 컸다.

억울한 마음도 있었다. 태어난 건 서울이 맞지만 돌이 되기 이전부터 시골에 맡겨졌기에 그 아이들과 차이가 있다고 생각하지는 않았다. 이런 나를 자신들과 다르다고 생각하는 게 속상하고 너희 생각은 오해라 말하고 싶었다. 물론 어린아이였기 때문에 정확하게 상황을 파악하지는 못했지만, 분명 나만 다르게 대한다는 건 또렷하게 알 수 있었다.

그저 아쉬운 내가 묵묵히 기다리는 수밖에 없었다. 친구들도 날 여기에 보낸 부모님도. 아버지가 오시면 어쨌든 무조건적으로 나를 받아줘서 고마움이 컸다. 내가 낳은 자식을 어떤 부모가 밀쳐낼까 싶지만 어디에도 속하지 못하는 나에게 확실한 소속감을 안겨준다는 건 굉장히 특별했다. 그렇다고 아버지가 무언가 특별한 행동을 보여준 것도 없었다. 멀리 떨어져 사는 아들이 건강하게는 자라고 있는지 눈으로 확인하는 게 전부였다. 나는 그 시선에 몸 둘 바를 몰랐다. 내 존재를 확인하고 살피는 누군가라니….

나도 어색하기는 마찬가지였다. 큰엄마 큰아빠를 엄마, 아빠라고 부르며 자랐기에, 진짜 아빠가 왔지만 호칭을 어찌해야 될지 몰라 헤매기 일쑤였고 무슨 말을 건내야 할지 몰라서 몸을 배배 꼬고 바닥만 쳐다봤던 것 같다. 감정적인 교류가 전혀 없었지만 본능적으로 잘 보이고 싶은 마음은 컸던 것 같다. 성장 과정을 전혀 지켜보지 못했던 탓에 아버지는 생소한 질문을 던질 때가 있었지만 기를 쓰고 어떻게 해서든 원하는 답을 들려주고 싶었다. 가장 황당한 질문은 '태규는 공부 같은 걸 잘 하니?'였다. 분교가 겨우 하나 있는 시골 마을에 어린이집이나 유치원이 있을 리 만무하다. 이제 겨우 의사소통이 가능한 5살 아이에게 공부라니. 온 힘을 다해서 잘 보이고 싶었던 나는 부리나케 친척 형과 누나들의 공책과 연필을 가져와 '봉, ㅌ, 구' 세 글자를 열심히 써서 보여줬다. 공부라는 단어가 무언지 정확하게 알지는 못하지만 이런 걸 보여줘야 된다고 생각했다. 딱히 칭찬을 듣지는 못했지만 최선을 다한 퍼포먼스였다.

아버지는 이른 저녁식사를 하시고는 어김없이 나를 작은 방으로 데리고 들어가 잠을 재우셨다. 절대 잠들지 않으려고 애썼지만 가끔 보는 아버지와 어색하게 단둘이 있으면 긴장을 해서인지 금세 눈이 스르륵 감겼다. 번쩍 놀라 잠을 깨고 방을 둘러보면 어김없이 아버지는 떠나고 없으셨다. 놀라서 울면서 밖으로 뛰쳐 나가면 평소에는 그렇게 오지 않던 저녁이 어느새 다가와 주변을 어둡게 채워 넣었다.

혹시라도 아버지를 쫓아갈 수 있을까 싶어 울면서 쫓아가려고 할 때마다 우악스러운 할머니 손이 나를 붙잡았다. 그만 뚝 그치라고 엉덩이를 때리는 건 덤이었다. 그나마 내가 금세 그치면 손바닥에서 멈추지만 감정을 주체하지 못하고 엉엉 울면 몽둥이를 들고 나를 다그쳤다. 그런다고 해서 한번 터져버린 울음이 그칠 리가 없지만 할머니는 매번 무섭게 몰아부치셨다.

차라리 오지 말지… 이럴 거 왜 왔을까… 바보같이 뭐가 그렇게 좋다고 금세 잠이 들었을까…. 할머니에게 한바탕 혼이 나고 목구멍에서 꺼이꺼이 하는 소리가 절로 나온다. 울음을 참으려고 애를 쓰지만 쉽게 그쳐지지가 않았다. 하지만 여기서 멈추지 않으면 또 혼이 날 것이 뻔하기에 기를 쓰고 참아본다. 그럴 때 나도 모르게 "아빠… 아빠…!" 하는 말이 튀어나온다. 나를 버려두고 도망간 아버지가 보고 싶어서 울고 있는데 그걸 진정시키고 멈추게 하는 단어도 아빠라니.

막상 오랜만에 마주한 아버지를 보고 정작 아빠라고

부르지 못했다. 막연하게 그리웠던 존재가 앞에 나타나니 그 감정을 수습하기도 벅찼다. 그럴 때 사람은 평상시 생활에서 가장 익숙했던 행동이 나온다. 당시에 나에게 익숙했던 엄마, 아빠는 큰엄마 큰아빠였고 어색한 마음에 진짜 아빠를 앞에 두고 나는 익숙한 두 사람만 찾았다. 아버지가 떠난 걸 보고 그제야 급한 마음에 아빠라고 불러봤지만 너무 늦어버렸다. 울음을 참으려고 불렀던 아빠는 그렇게 튀어나왔다. 미안하고 미안해서. 부리나케 가셨던 아버지도 나와 비슷한 마음이었을 거라 생각한다. 미안하고 미안한. 다음에도 아버지는 잊을 만하면 오셨고 그때도 여전히 나는 아빠라고 불러드리지 못했다.

그냥 우리는

초등학교 6학년 여름방학을 하루 앞두고 나는 집에 들어가지 않았다. 거창하게 가출 그런 건 아니었으며 그저 친구들이랑 어울려 놀다보니 시간이 너무 늦어져서 그렇게 된 것이었다. 어떻게 해야 하나 잠시 고민했지만 다음 날이 방학식이기도 하고 친구네 집에서 하루쯤 자고 가는 건 문제 될 것 같지 않았다. 당시 내가 살던 곳은 학교에서 차로 50분 거리에 위치해 있어 아침마다 등교하는 게 여간 곤욕이 아니었다. 집안 살림살이가 계속 쪼들리다 보니 조금 더 싼 값에 집을 찾아 이리저리 떠돌아다닌 탓이었다. 원래 살던 곳에서 그렇게 멀어지고 멀어졌는데 당시에는 전학을 수월하게 할 수 있는 상황도 아니어서 어쩔 수 없이 아침마다 버스를 타고 학교로 갔다.

초등학생이 새벽 6시 30분부터 일어나 등교 준비를 한다는 건 쉬운 게 아니었다. 무엇보다 하교 후에도 친구들과 어울려 지낼 시간이 부족하다는 게 가장 난처했다. 부리나케 준비해서 출발해도 해가 짧은 날에는 어둑어둑해질 때쯤 집에 도착할 수 있었다. 지금도 그렇겠지만 특별한 경우가 아니라면 초등학생은 당연히 해가 지기 전에 집안에 안착하여야 하는 규칙 같은 게 있었다. 그렇게 정해진 규칙 안에서 내 개인 사정 같은 건 변명에 불과했다. 아주 크게 혼이 나든지 운이 좋다면 바삐 사시는 부모님의 상황 때문에 눈흘김 정도에서 그냥 넘어가든지 둘 중 하나였다.

나에게는 친구들과 어울릴 수 있는 시간이 그래서 귀했다. 방학이라도 하게 되면 한 달 넘게 친구들 없이 지내야 한다. 낯선 곳에서 익숙하지 않은 사람 사이에 우두커니 존재한다는 건 나이와 상관없이 모두를 고독하게 만든다. 어릴 때는 그런 시간이 가장 괴로운 것 중 하나였다. 방학식 전날은 학교 수업도 일찍 마무리되고 지금이 아니면 친구들과 실컷 어울려 놀 수 없다는 생각에 최선의 마음과 힘을 다해서 시간을 소비했다. 해는 저물었고 어둑어둑한 저녁이 짙게 영역을 넓혀가고 있었다. 한여름에 가까웠기에 시곗바늘이 가리키는 시간은 더욱 훌쩍 지나 있었다. 그렇게 친구 집에서 하룻밤을 보내고 등교를 했다.

떠들썩하게 방학식을 치르고 집에 갈 준비를 하는데 선생님이 내 이름을 호명하신다. 곧 아버지가 오신다는 말과 함께 교실에 남으라고 하셨다. 아버지가 오셨고 선생님과 상담하셨다. 두 사람의 대화가 끝이 나고 '가출'을 한 아들과 아버지가 마주했다. 담임선생님께 죄송하다는 사과를 하시고는 나를 데리고 집으로 향했다. 불같은 아버지가 집으로 가는 내내 아무 말씀이 없다. 버스에서도 자리를 따로 앉아서인지 입을 더욱더 앙다무시고 창밖만 바라보신다. 내심 별 탈 없이 지나갈 수도 있겠다는 안심이 내려앉는다.

집에 도착하니 엄마는 머리를 싸매고 누워 계신다. 나에게 하루였지만 두 분에게는 같은 시간으로 흐르지 않았나 보다. 엄마가 "아이고…" 하는 작은 신음을 내뱉는다. 나도 모르게 고개를 숙이고 방바닥에 조용히 앉았다. 갑자기 아버지의 손이 내 얼굴에 날아든다. 한 번… 두 번… 세 대, 네 대, 다섯 대, 여섯 대… 눈물이 폭포수처럼 쏟아지고 온 힘을 다해 죄송하다고 빌었다. 이런 나를 아랑곳하지 않고 아버지가 멀리 물러서려는 내 발목을 한 손으로 움켜쥐고선 다른 손을 힘차게 움직이신다. 엄마는 모로 누워서 이 상황을 외면하고 있는 것처럼 보인다.

할 수 있는 만큼 최선을 다해 몸을 웅크렸다. 내가 취할 수 있는 최대한의 방어였다. 소용없었다. 손을 멈추신 아버지는 매를 드셨다. 매는 한껏 웅크린 내 몸 이곳저곳을 지나갔다. 죄송하다는 말도 할 수 없다. 이 시간이 지나가기를, 빨리 아버지 화가 누그러들기를 기다리는 수밖에…. 시간이 흐르고 내 몸이 적응해서인지 처음만큼 아프지 않았지만 그래도 아픔에 반응하는 소리가 '악!' 하고 저절로 터져 나왔다. 아마도 "잘못했어요"의 줄임말 정도쯤 됐던 것 같다.

아버지의 시간이 끝나고 나의 울음이 멈추지 않은 채 엄마의 시간이 시작되었다. 나보다 더한 눈물을 쏟으시며 본인의 삶을 한탄하셨다. 속상함을 가득 담아 아들의 등을 몇 번 내리쳤지만 이미 그 정도의 아픔은 대수롭지 않은 상태였다. 모두의 감정이 소강상태에 이르렀고 엄마가 몸져누웠던 자리에 훌쩍이며 다시 드러누웠다. 서럽거나 억울하지는 않았다. 그냥 아프고 아팠다. 어느새 잠이 들어버렸고 그렇게 초등학교에서의 마지막 여름방학이 시작되었다. 온몸에 흔적이 새겨진 나는 그해 여름 내내 반바지와 반팔셔츠를 입지 못했다.

우리 아버지를 원망하는 수많은 이유가 있다. 신기하게도 이날의 기억은 그 이유에 포함되지 않는다. 내가 이상한 건가? 아니면 아버지의 행동이 정당했던 건가? 어느 무엇이어도 상관없다. 그때의 우리 아버지와 나는 그냥 그랬으니깐.

메리 크리스마스

내가 아주 어릴 적에 머물렀던 시골 큰집은 하루에도 시내버스가 정해진 횟수만큼만 운행되고, 그마저도 비가 많이 오거나 눈이 많이 내리면 운행을 중단할 정도로 깊은 산골이었다. 서울살이를 시작한 부모님은 내 위로 자식이 둘이나 있었기 때문에 늦둥이 막내인 나를 일정 기간 시골에 맡기기로 하였다. 당시 어른들 표현으로는 서울에서 다리 뻗고 잘 수 있는 온전한 내 집 한 칸이 생길 때까지였다.

내가 머무른 그곳에서는 할머니가 가장 큰 어른이었고, 큰아버지와 큰엄마 그리고 그들의 자식 6명이 함께 살고 있었다. 집도 나무틀과 흙으로 만든 방 두 칸에 별채가 하나 지어진 한옥이었으며, 장작으로 아궁이를 지

펴서 밥을 짓고 온돌방을 데우는 옛날 집이었다. 아마도 그 당시 마을의 집은 모두 비슷한 구조였던 것 같다. 아주 어릴 때 기억이지만, 초저녁이 되면 여기저기 굴뚝에서 밥 짓는 연기가 솔솔 피어오르는 광경이 머릿속에 뚜렷하게 저장되어 있다.

이런 산골 마을에서 살다 보니 내 개인의 생일을 따로 챙기거나 하지 못했다. 이미 큰집 아이들이 6명이나 됐고, 그들 삶도 굉장히 팍팍했기에 나를 겨우 돌봐주는 것 외에는 여유가 없었다. 생일 케이크라는 건 멀리 2시간 떨어져 있는 시내에서도 구경하기 어려웠고, 미역국도 특별한 음식이었다. 그만큼 시골이라는 곳에선 본인이 농사짓는 농작물 외의 식재료는 모두 비싼 값을 치러야 얻을 수 있었다.

형편이 넉넉하지 못했던 사정이기에 큰아버지 자식들에게도 생일은 특별한 날이 아니었다. 이런 상황에서 동생으로부터 맡겨진 내가 아무리 딱하다 하여도 마음 외에는 베풀어줄 수 있는 게 존재하지 않았다. 태어나고 100일이 갓 넘었을 때 큰집으로 보내진 나에게도 생일을 특별하게 보내는 것에 대해 아무도 알려주지 않았기에 생일이라는 건 그냥 흘러가는 하루였다.

그런데 이런 산골이어도 교회는 존재했다. 언제부터였는지 모르겠지만 시골 마을 언덕 높은 곳에 교회가 위치해 있었다. 자연스럽게 마을 사람들이 하나둘씩 주일이 되면 교회로 향했다. 믿음이 충만한 분도 있었고, '옆집 사람이 가니깐 나도…' 하는 마음이었던 분도 있었다. 모두들 모여 찬송가를 부르고 기도를 드렸다. 큰엄마가 독실한 신자였기에 나도 교회에 가는 게 익숙했다. '어린이부'라는 명칭이 따로 존재할 정도로 당시 마을에는 내 또래 어린 친구들도 아주 많았다.

주일에 기도를 드리면 교회에서 평상시에는 먹어볼 수 없는 과자를 간식으로 주었으며, 한여름에는 아주 특별하게 '쭈쭈바'라는 아이스크림도 먹어볼 수 있었다. 네다섯 살인 나에게 아주 멀리 차 타고 가야지만 간신히 구경할 수 있는 아이스크림을 공짜로 먹는다는 건 정말이지 경이로운 경험이었다. 시내에서 가끔 할머니 손에 이끌려 구경을 가게 되어도 엄하고 검소하신 어르신 때문에 '혹시라도' 하는 기대조차 할 수 없었는데…. 주말에 열심히 노래 부르고 기도했다고 아이스크림을 주다니. 당시 나에게 하나님은 절대적이었다.

겨울이 다가오면 산에서 나무를 꺾어다가 처음 본 장신구로 가지마다 장식을 해서 작은 예배당 한곳에 놓아두었다. 텔레비전 시청하기도 신통치 않았던 곳이라 크리스마스트리의 의미가 무언지는 몰랐지만, 반짝이는 것들이 달려 있는 나무를 바라보면 괜히 마음 한구석이 들뜨는 기분이었다. 크리스마스트리 장식으로 쓰이는 소품 중에 붉은색이 많아 더 그런 건지 모르겠지만, 반짝이는 장식을 쳐다보고 있으면 어쩐지 마음에 바람이 빵빵하게 들어차는 느낌이었다.

크리스마스가 예수님이 탄생하신 날이라고 배웠지만 정확하게 무얼 하는 건지는 알 수 없었다. 소막만 한 미리로 상상을 해보려고 애써보았지만, 상상력이라는 것도 내 눈을 통해 실재하는 것들을 경험하고 그게 쌓여야 발현되는 것이다. 텔레비전도 보기 힘든 시골에 살고 있던 나에게 크리스마스는 상상의 범위 이전에 생각의 범위 안에도 들어와 있지 않은 종류의 것이었다. 같이 살고 있는 친척 형, 누나들에게 물어봐도 내가 이해하기 힘든 답변들만 돌아왔고, 큰집에서 나를 가장 아껴주셨던 큰엄마에게 여쭤보아도 대답 대신 미소만 내보이셨다. 그래서인지 '뭐, 어쨌든 하나님의 아들이 태어난 거니까 무조건 좋은 거 아닌가…?'란 막연하고 긍정적인 태도를 취하게 되었다.

성탄절이 다가왔고 어김없이 교회로 향했다. 찬송가 대신 특별히 캐럴을 힘차게 따라 불렀고, 간식으로 전보다 종류가 다양한 과자가 나왔다. 역시 내 생각대로 아주 좋은 날이었다. 찬송가보다도 캐럴이 더 신이 났고, 과자도 전보다 많이 먹을 수 있고. 자그마한 선물도 받은 것 같은데 학용품이었던 것 같다. 어렴풋이 무언가 받은 선물을 친척 형에게 곧장 내어줬던 기억이 난다. 나에게 필요한 것이었다면 어린 마음에 곧 죽어도 간직했을 텐데 금세 내어준 것을 보면 별로 필요하지 않은 물건이었던 모양이다. 당시 나에게 학용품은 한창 학생이었던 친척 형, 누나들에게 언제든 빌릴 수 있는 물건이었다.

잔뜩 기대했던 마음 한구석에 섭섭함이 조금 끼어들었다. 무언가를 바란 건 아니었지만 그래도… 다른 걸 받았다면 더 좋았을 텐데…. 그때 목사님이 한 말씀 던지신다.

"착한 어린이는 잠자기 전에 양말을 걸어 놓으면 산타 할아버지가 선물을 놓고 가신대."

뭐지? 도대체 뭐 하는 할아버지길래 선물을 그냥 준다는 거지? 이렇게 먼 곳까지도 오는 건가? 문득 오늘 낮에 따라 불렀던 노래가 생각났다.

"울면 안 돼, 울면 안 돼. 산타 할아버지는 우는 아이에게는 선물을 안 주신대…."

얼마 전에도 이제는 떨어져 지낸 지 너무 오래되어 얼굴도 기억나지 않는 엄마가 보고 싶다 울어서 할머니에게 엄청 혼이 났고, 큰집에 잠시 내려왔던 아빠가 나를 꼭 데려가겠다고 약속하고선 내가 깜박 잠든 사이에 막차를 타고 떠나버려서 놀란 마음에 엉엉 울면서 신발도 신지 않고 동네 정거장으로 뛰어나갔다가 또 할머니에게 혼이 났고… 그저께도… 어제도…. 양말은 걸어놓을 수가 없게 되었다. 나는 이미 너무 많이 울어버린 아이인 것이다. 꾹 참았으면 좋았을 텐데….

그렇게 어릴 때는 지금 2살, 5살인 우리 아이들을 봐도 알 수 있는데, 한번 터져버린 울음은 다시 감춰지지가 않는다. 나는 엄마, 아빠가 크리스마스 선물로 와줬으면 좋겠는데 그러기에는 양말이 너무 작았다.

'이런 날이구나… 크리스마스는….'

혼자서 아주 크게 실망을 하고 내가 맡겨진 큰집으로 돌아갔다. 친척 형, 누나들과 뒤엉켜 자면서 또 울었다. 엄마, 아빠가 보고 싶어서.

그래도 메리 크리스마스.

장미꽃을 장미꽃이라 부르지 않아도, 그 향기는 그대로인걸

가끔 집에서 혼자 밥을 먹을 때면 돌아가신 아버지가 떠오른다. 우리 아버지는 생전에 집에 혼자 계시는 시간이 많았다. 이런저런 일들을 하셨지만 집에 머무는 시간이 훨씬 더 많으셨다. 어릴 때 우연히 아버지가 작성하신 이력서를 본 적이 있는데 최종 학력 기재란에 'OO고등학교 졸업'이라고 쓰여 있었다. 아버지의 이력에 대해 세세히 알고 있지는 않았지만, 가정형편이 어려워 어릴 적부터 밥벌이를 위해 갖가지 노동을 하느라 고등학교에 입학하지 못했다는 건 할머니와 친척분들에게 자주 전해 들었다. 어른들은 그런 얘기를 하실 때면 "집안 형편이 괜찮았다면 고등학교도 가고 큰 인물이 되어서 번듯한 직장에 다녔을 텐데…."라는 말을 꼭 덧붙이셨다.

아버지는 왜 최종 학력이 고등학교 졸업이라고 거짓말하셨던 걸까? 당시만 해도 철없고 어렸던 내가 그 이유를 정확히 알 길은 없었지만, 아마도 직장 구하기가 어려운 현실에서 한 가정의 가장이 선택할 수 있는 가장 빠르고 쉬운 방법이었을 터. 그 가짜 이력서로 취업이 잘 되었는지도 알 길이 없지만, 지금 와서 유추해볼 수 있는 건 아마도 증빙자료를 제출하는 과정에서 가짜 이력이 발각되지 않았을까 싶다. 그렇게 언젠가부터 아버지가 집에서 보내시는 시간이 점점 길어졌다. 가끔씩 일을 나가기도 하셨지만 그마저도 얼마 지나지 않아 없어졌고, 안방 텔레비전 앞에 이불보를 펼치고는 모로 누워 계시곤 했다. 주무시는 건지 아닌지 궁금하기는 했지만 옆으로 돌아누워 있는 뒷모습이 어쩐지 무안해서 가만히 지켜보기만 했다.

누나들은 학업 때문에 저녁 늦게 귀가하는 일이 많았고 나는 친구들과 어울려 다니느라 대부분 밤늦게 집에 들어갔다. 자식들이 밖에서 시간을 보내는 동안 아버지는 이른 아침부터 텅 빈 집에 혼자 남아 누워 계시다가,

슬쩍 일어나 끼니를 챙겨 드셨겠지. 경제적 능력을 발휘할 수 없는 가장에게 가족들과 함께 부대끼면서 생활하는 시간은 무척 민망하고 부담스러웠을 거라 짐작한다. 그렇게 한참을 아버지는 안방에서 정리되지 않은 이불처럼 지내셨다.

어린 마음에 그 모습이 어떨 때는 한심해 보이기도 했다. 엄마는 힘들게 식당을 운영하면서 온 가족을 먹여 살리고 있는데, 대체 아버지란 사람은 무엇을 하고 있는 건가. 저렇게 매일 누워서 하루를 보내는 게 가족들에 미안하지는 않나? 아니지, 그런 미안한 마음이 조금이라도 있었다면 당장 무엇이라도 했겠지. 내게 아버지는 무능력하고 무책임한 모습으로만 보였고, 배우로 데뷔하면서 내가 집안의 실질적인 가장으로 자리 잡고 난 뒤에는 그 마음이 더욱더 커졌다. 이런 원망은 이따금 아버지를 날카롭게 찔렀다. 아주 사소한 말다툼으로 시작해서 결국 아버지 마음에 큰 생채기를 내야지만 끝이 나고는 했다.

그럴 때마다 아버지는 아무 말 없이 당신의 방으로 들어가서는 그 옛날 직장을 다니지 않았을 때의 모습으로 누워 계셨다. 그러다 시간이 조금 흐르고 나면 같이 밥을 먹자고 부르셨다. 밥 생각이 없다고 단호히 거절하면 잠깐 내 방 앞에 서 계시다가 혼자 식탁으로 가서 식사를 하셨다. 당시에는 결혼 생각이 없었지만 혹시라도 내가 아버지가 된다면 저런 아버지는 되지 말자고 스스로 다짐을 했다. 돈을 벌어 가족을 먹여 살리는 일이 무엇보다 가장 최우선인, 능력 있는 아버지가 되고 싶었다.

이제 나도 아이가 둘이나 되는 아버지가 되었다. 일도 열심히 하고 있고 내 아버지와는 전혀 다른 아버지가 되어 있다. 이 정도면 됐나 싶었는데, 아니었다. 둘째 아이가 태어나면서 첫째 아이가 굉장히 힘들어했던 때가 있었다. 너무 걱정되는 마음에 여기저기 자문을 구했지만 확실한 대답을 들을 수가 없었다. 별도리 없이 온전히 아이의 투정을 받아내는 수밖에 없었다. 아이가 분출하는 울음과 분노, 불안과 스트레스, 그 모든 걸 묵묵히 받아주었다. 정말 할 수 있는 게 그뿐이었다.

그렇게 5개월 가까운 시간이 지나자 거짓말처럼 아이의 생떼가 사라졌다. 그때 문득, 묵묵히 나를 받아주던 아버지가 떠올랐다. 아버지는 가장 좋은 아버지의 모습을 하고 나를 바라보고 있었지만 나는 미처 몰랐다. 그때의 나는 5살 내 아이보다도 훨씬 어리고 모자랐던 것이다. 비록 내 아버지를 좋은 아버지로 여기지 않았다 하더라도, 아버지는 아비로서 완벽한 이름과 향기를 지니고 있는 존재였다. 아버지가 된 지금, 다시 생각한다. 좋은 아버지는 어떤 아버지인가?

그곳의 기분

국화꽃이 한 곳에 뭉쳐 있는 모습은 예쁘지 않았다. 꽃 자체가 그렇다기보다는 일렬로 정리되어 있는 국화의 모습이 내 눈에는 아주 많이 거슬렸다. 내 마음과 머리는 이렇게 어지러운데 가장 먼저 마주해야 할 모습이 저렇게까지 절도 있게 오와 열을 맞추어 뭉쳐진 국화라니…. 참 맞지 않는다고 생각했다. 그 안에 번쩍번쩍 빛나는 금색 액자 안에 환하게 웃고 있는 아버지의 영정 사진이라니…. 이 또한 너무나 어울리지 않는 모습이었다.

생각 같아서는 아버지의 사진 한 장만 올려놓고 싶었는데 장례식장을 빌리기 위해서는 그곳에서 정해놓은 패키지에 따라야 하니 나에게는 아무런 결정권이 없었다. 행여라도 그러고 싶다고 얘기했다가는 모두들 나를 이상한 눈초리로 바라볼 게 뻔하기도 하고, 너무 지치고 힘이 들었기에 괜한 데 에너지를 쏟고 싶지 않았다. 상주라고 하는 사람들이 있는 빈소는 혹시 울음이라도 터지면 마음껏 널브러지기 좋게 정돈이 되어 있었다. 적당한 두께의 대나무로 만들어진 돗자리가 보기 좋게 자리하고 있는데 어떠한 자세로 무너진다고 해도 하반신의 데미지를 최소화할 수 있는 느낌이었다. 아니나 다를까 문상객을 몇 번 뵙고 절을 해보니 정말 절묘하게 무릎에 닿는 감촉이 적당했다. 괜히 전문적인 곳이 아니구나 감탄했었다.

상주인 나는 대부분의 시간을 국화꽃과 절묘하게 어우러진 이 돗자리에서 보냈다. 조문객이 뜸해지면 아버지의 영정 사진을 바라보곤 했는데 너무도 활짝 웃고 있는 모습이 아주 많이 거슬렸다. 아마도 누나들과 제주도로 여행 갔을 때 찍은 사진인 것 같은데 사실 저렇게까지 활짝 웃는 모습을 나는 거의 본적이 없다. 아버지와 나는 데면데면한 사이여서 얼굴을 마주하고 있어도 눈을 마주치기조차 서로 어색해했다. 돌아가시고 나서야 활짝 웃는 저 낯선 모습을 뚫어지게 보게 될 줄이야….

'아… 우리 아버지가 많이 늙었구나…. 눈가에 주름이 엄청 많았네…. 야… 머리는 언제 저렇게 하얗게 돼버린 거야…. 웃을 때 입꼬리가 저렇게 높이 올라갔구나…. 눈이 정확하게 초승달 모양으로 변하는구나…. 목에도 주름이 엄청 많구나…. 맞아, 어금니는 틀니였는데 누나들이 임플란트로 바꿔줬나…? 내 코가 아빠를 많이 닮았구나…. 우리 아빠 귀도 엄청 크고 복귀였네…. 그리고… 참 웃는 게 예쁘네…. 저렇게 활짝 웃으니까 완전 어린아이 같네…. 나도 저렇게 웃으면 아빠랑 비슷해 보이려나…. 그러고 보니 참 많이 늙었네, 우리 아빠….'

조문객이 오면 생각을 멈추고 기계처럼 절을 했다. 뜻하지 않게 연예인을 아들로 둔 덕에 사고로 돌아가신 아버지의 소식이 뉴스로 보도되었다. 아주 많은 사람이 알게 되었고, 친구도 없고 사회생활도 시원찮게 해서 죽으면 사람도 많이 안 올 거라고 걱정하던 엄마의 푸념이 무색하게 아주 많은 문상객이 조문을 왔다. 적당한 쿠션감이 느껴지는 대나무 돗자리 위로 쉴 새 없이 사람들이 왔다 갔다.

정신없이 인사를 하는 와중에도 힐끔힐끔 아버지의 영정 사진을 바라보았다. 처음 이곳에 왔을 때보다 더 활짝 웃고 있는 것처럼 보였다. 기분 탓인지 모르겠지만, 사진 속 아버지의 시선이 나를 좇고 있는 것 같았다. 그러고 보니 사진 속 아버지는 내가 사준 옷을 입고 있었다. 불현듯 몰아서 효도를 하겠다는 생각에 폴로 매장에 가 아버지 취향 따위 개의치 않고 순전히 내가 선호하는 스타일의 옷을 여러 벌 샀던 기억이 났다. 바지는 허리가 작아 아빠가 몸을 구겨 넣은 기억이 난다. 교환해주겠다고 하는 걸 아빠는 연신 괜찮다고 했다.

여러 벌의 옷을 입어보며 꼼꼼히 살펴보던 아빠가 나를 바라보며 무어라 말을 했는데 그게 뭔지 떠오르지 않는다. 이럴 때 참 난감하다. 분명 기억은 나는데 정확하게 떠오르지 않을 때. 뭐라 그랬더라…? 아빠 성격에 이런저런 말을 쏟아낼 분은 아니고 몇 마디 툭 하고 던졌을 텐데…. 그 몇 마디가 떠오르지 않다니.

한참을 생각하다 덜컥 마음이 내려앉았다. 옷을 입어 보며 어떤 말을 툭 던진 아빠가 아주 환하게 나를 보면서 웃고 있었다. 조문객이 왔다. 절을 하고, 힐끔 아버지의 영정 사진을 본다.

'그래 딱 저만큼 웃어줬었는데….'

누나라고 불리던 엄마

그녀가 20대 때에는 여자가 댕기 머리를 땋고 다녀도 이상하지 않은 시대였다. 보수적인 그녀의 아버지는 10남매 중 셋째였던 그녀에게 시집가기 전까지 절대 머리에 손대지 말라고 일침을 놓았다. 하지만 고분고분 말 잘 듣는 성향이 아니었던 그녀는 머리카락을 싹둑 자르고 파마까지 해버리는 만행을 저지른다. 그 사건을 구실로 가출까지 감행하게 되고, 타지에서 만난 10살 연상의 전라도 남자와 결혼을 한다. 경상도에서 나고 자란 식구들 모두 기가 막히고 코가 막힐 일이었다. 아버지는 화가 머리끝까지 치밀어 올랐지만 셋째 딸의 기질상 한 번 저지르고 나면 누구도 말릴 수 없다는 걸 알고 있었기에 하는 수 없이 결혼을 허락했다. 그녀 나이 막 스무 살이 되던 해였다.

다음 해 첫째 아이를 출산하고 얼마 지나지 않아 그녀는 큰 결심을 한다. 산골 마을로 시집을 갔기에 농사를 지으며 사는 걸 당연하다고 여기는 때였지만, 그저 운명이라 받아들이기에는 딸아이와 앞으로 더 태어날지도 모를 자식들 걱정이 앞섰다. 당장 힘들더라도 도시로 나가서 자식들 공부도 시키고 대학도 보내서 자신과는 다른 삶을 살게 하고 싶었다. 집안의 대들보나 다름없는 남편은 섣불리 움직이지 않을 거란 걸 알았기에 그녀는 편지 하나만 달랑 남긴 채 홀연히 떠난다. 밭일을 하다 말고 사라진 그녀의 자리엔 호미가 덩그러니 놓여 있었다.

연락처를 남기지 않고 떠났지만 남편은 용케 그녀를 찾아냈고, 화를 내기보다는 설득을 했다. 도시에 나와 봐야 먹고살 게 없으니 그만 돌아가자고. 그 말을 들은 그녀는 불같이 화를 내며 "난 여기서 뭐라도 해서 아기 키우며 살 테니 썩 고향으로 내려가요"라고 고함을 쳤다. 그 기세에 주눅이 들어버린 남편은 고향 집에 있는 어머니와 가족들에게는 한마디 상의도 못 한 채 자신도

서울로 올라와 살겠다고 덜컥 약속을 해버린다.

그렇게 시작된 도시 생활은 녹록지 않았다. 허드렛일부터 시작한 두 사람은 둘째 아이를 출산하게 되고, 빠듯한 살림은 더 빠듯해졌지만 농사를 짓고 살 때만큼 살길이 막막하다고 여기지는 않았다. 두 아이를 키우며 겨우겨우 살아가던 어느 날, 무언가 불현듯 그녀의 마음 한구석을 찔렀다. 보수적인 집안에서 자라며 자신도 모르게 습득한 남아선호 사상이었다. 형편상 아이를 더 낳을 수는 없었지만 딸만 둘인 게 영 마음에 걸렸다. 되레 남편은 아들을 원하지 않았지만 그녀는 내심 아들 하나는 있었으면 했다. 아들을 얻게 되면 크게 될 거라 호언장담한 용한 보살의 말도 무시할 수는 없었다. 하지만 아이를 또 갖는 건 의지만으로 되는 일은 아니었다.

둘째 아이가 태어나고 한참이 지났는데도 아무런 소식이 없었기에 어느 정도 마음을 내려놓고 있던 때, 갑자기 임신을 한다. 아들이라 확신했지만 혹시 또 딸일지도 모른다는 걱정도 들었다. 배 속에 있는 아이에게 못 할 짓이다 싶어 딸이건 아들이건 곱게 키워야겠다고 다짐한다. 이미 아이를 둘이나 낳은 베테랑답게 산통이 왔을 때도 혼자 병원에 찾아갔다. 자연분만으로 아들이 태어났다. 병원비가 만만치 않을 거라는 걸 알았던 그녀는 아직 핏기가 가시지도 않은 갓난아이의 탯줄만 끊고 간호사들의 만류에도 퇴원을 강행한다.

몸조리라 할 것도 없이 집에 돌아온 그녀는 당장 먹고살 걱정부터 했다. 이제 식구가 다섯인데 지금처럼 살아서는 다 같이 굶어 죽을지도 모르겠다는 불안감이 엄습했다. 그러고는 훗날 가장 후회하는 결정을 내리는데, 태어난 지 얼마 안 된 막내를 시골 아주버님 집에 맡기기로 한 것이다. 앞서 태어난 두 딸은 어느정도 자라서 엄마 아빠와 떨어지지 않으려 들 테니 막내를 보내기로 한 것이다.

그 후 내가 그녀를 엄마로 부르기까지 6년이라는 세월이 걸렸다. 요즘 그녀는 큰딸의 젖먹이 아이를 돌봐주고 있다. 그렇게 아이를 돌보고 본인의 집으로 혼자 돌아와서는 시골집으로 보냈던 갓난아기 아들을 떠올리며 괜스레 눈시울이 붉어질 때가 있다고 한다. 할머니가 되어서야 엄마의 마음을 털어놓는 그녀가 아들을 다시 안아주기까지, 너무 오랜 시간이 걸렸다.

말하지 않아도 들리는 것

우리 할머니는 기운차고 호기로운 사람이었다. 할머니 앞에서 말짓(실수나 나쁜 행동을 일컫는 전라도 방언)을 했다간 온몸으로 불같이 뜨거운 맛을 봐야 했다. 그런 할머니가 나를 데리고 읍내에 나가 새 고무신을 사준 적이 있다. 검정 고무신보다 약 1.5배 비싼 하얀 고무신이었다. 고무신은 운동화처럼 끈으로 조일 수 없기 때문에 발에 딱 맞게 신어야 하지만, 할머니는 아주 넉넉한 치수의 고무신을 구매하셨다. 고무신인지 슬리퍼인지 모를 정도로 헐떡였는데, 아마도 할머니는 어린 손자의 무서울 정도로 빠른 성장 속도를 고려하셨던 것 같다. 집으로 돌아가는 버스에서 할머니는 이 고무신이 얼마나 귀한 것인지 거듭 말씀하셨다. 고작 다섯 살이었던 내가 봐도 정말 귀한 선물이었기에 기분이 퍽 좋았다.

시간이 흐르고 나의 발도 점점 커졌고, 조금 불편하긴 해도 걷는 데는 큰 문제가 없을 정도로 고무신이 맞기 시작했다. 나의 하얀 고무신은 무엇보다 뽐내기 좋았다. 함께 어울리던 동네 또래 친구들 모두 검정 고무신만 신었고, 순백의 고무신을 보는 순간 다들 한 번씩 신어보자고 덤벼들었기 때문이다. 부러운 시선들이 많을수록 내 어깨도 높이 솟아올랐다. 그때부터 거의 매일 하얀 고무신을 신었고, 계속 신다 보니 그리 크게 느껴지지도 않았다. 나중에는 그 큰 고무신을 신고도 거뜬히 축구를 할 정도였다.

어느 날엔 친구들과 냇가에 놀러 갔다. 물속을 헤집고 다니는 동안 고무신이 벗겨질 뻔한 위기가 몇 번 있었지만, 그때마다 발끝으로 잽싸게 낚아챘다. 이미 내 신체의 일부처럼 익숙해진 고무신은 웬만해서는 잃어버리기 힘든 물건이었다. 그렇게 한참을 놀다 우리는 다른 곳으로 이동하기로 했다. 그런데 물 밖으로 나온 순간, 발끝에서 싸한 느낌이 전해졌다. 아뿔싸! 고무신 한쪽이 사라진 것이다. 다음 목적지로 내달리는 친구들을 뒤로하고 나는 냇가 구석구석을 살폈지만, 결과는 역시나 참담했다. 결국 한쪽만 남은 고무신을 질질 끌며 집으로 향했다. 앞으로 닥칠 일들을 상상하며 시무룩하게 걸어가고 있는데 누군가 큰 소리를 나를 부른다. 할머니였다.

나는 그 자리에 그대로 멈춰 선 채로 굳어버렸다. 이리로 오라는 손짓에도 꿈쩍 않는 손자가 답답했던 모양인지 할머니는 당신이 직접 내 쪽으로 걸음을 옮기셨다. 에너지 넘치는 걸음걸이만으로도 이미 나를 호되게 질책하시는 것만 같았다. 이윽고 내 앞에 당도한 할머니는 이내 헐벗은 내 발로 시선을 옮기셨다. 어디에서 잃어버렸냐 묻는 할머니에게 도저히 똑바로 대답할 수 없었다. 내 얼굴은 눈물 콧물 범벅이 되어 있었고, 울음으로 막힌 목젖은 제대로 된 목소리를 내지 못했다. 내 손을 잡고 주변을 훑으시던 할머니는 결국 화를 참지 못하고 소리를 꽥 지르셨다. 나는 기다렸다는 듯 죄송하다고 울부짖었다. 예상대로라면 엉덩이라도 한 대 때리지 않고는 지나가지 못하시리라 싶어 각오를 다지던 찰나, 전혀 예상 밖의 일이 일어났다.

무릎을 굽힌 할머니는 내게 업히라는 제스처를 취하셨다. 어리둥절했지만 슬금슬금 할머니 등에 올라탔다. 구부정한 할머니 등 위에서도 뜨거운 눈물은 멈출 줄 몰랐다. 나는 얼굴이 터질 듯이 달아오르고 목이 아프도록 끅끅 대면서도 슬쩍 팔을 뻗어 발끝에 대롱대롱 매달린 하얀 고무신 한 짝을 움켜쥐었다. 이것마저 잃어버린다면 정말 크게 혼이 날 것 같았다. 우는 아이를 등에 업은 할머니는 안정적인 자세를 취하기 위해 한 번씩 허리를 튕기실 때마다 욕을 내뱉으셨다.

우리 할머니다운, 거침없고 직설적인 반응이었지만 이상하게도 나는 마음이 놓였다. 계속해서 우는 아이를 달래지 않고 이리저리 끌고 다니며 추궁부터 했던 미안함이 느껴졌기 때문이다. 한마디 말보다 당신의 몸을 낮춰 등을 내어주는 것으로 어린 손자의 속상한 마음을 조금이라도 어루만져주려던 할머니의 진심이었으리라. 그 어느 때보다 따뜻했던 할머니 품에서 나는 곤히 잠이 들었다.

엄마, 그리고 우리 엄마

어릴 때부터 자주 체했다. 심할 때는 매일매일 체했다. 어쩔 수 없이 끼니를 거르는 날이 많아졌다. 나는 체하면 두통이 왔는데 견딜 수 없을 정도로 극심한 통증이 내 머리 이곳저곳을 헤집고 다녔다. 그럴 때면 할머니께서 피가 안 통해서 피부가 검붉어질 정도로 엄지손가락을 실로 둘둘 말고 바늘을 본인 머리카락에 슥슥 두 번 정도 긁어준 다음 코로 냄새를 맡고 손톱 바로 아래 가장 얇은 살을 톡 하고 따주셨다. 검정 피가 고름이 터지듯 울컥 새어 나오면 휴지로 닦아주시고 온 힘을 다해 손가락으로 손톱 아래 생채기를 다시 꾸욱 짜주셨다. 그러면 덩어리진 검정 피가 한 번 더 울컥 새어 나왔다.

내게 저장되어 있는 기억이 맞다면 3살 정도부터 이

과정을 반복했던 것 같다. 처음에는 양쪽 엄지손가락. 체한 게 내려가지 않는다면 양쪽 엄지발가락. 이렇게까지 했는데도 차도가 없다면 남아 있는 손가락을 모두 바늘로 콕 찔러 피를 내었다. 시내에 있는 병원까지 가기에는 병명이 너무 약했기에 동원된 민간요법이었다.

우리 아이들만 보아도 예방접종을 위해서 병원을 가게 되면 주사를 맞아서 아픈 것보다, 울며 보채느라 스스로 진을 빼는 경우가 대부분이다. 나도 할머니 바늘이 내 손가락 곳곳을 찔러대는 아픔보다는 막연한 공포와 두려움 때문에 발악을 하고 피하려고 했었다. 체기가 심한 날은 눈물을 흘리는 양만큼 두통이 더 심했는데 아마도 안압이 높아져서 그런 거라 생각된다. 어릴 때는 울면서 보채는 나에게 하늘에서 벌을 내려서 두통이 더 심해지는 거라 생각했었다.

우연히 텔레비전에서 보았던《서유기》에서 손오공이 말을 듣지 않으면 삼장법사가 벌을 내리는데 긴고아라는 머리띠를 조여 두통을 유발하는 장면이 특히나 인상적이었다. 어린 나에게 절대 선인 삼장법사는 할머니였고, 천둥벌거숭이 손오공은 나였다. 너무 자주 아프다 보니 괜한 상상을 하게 되는데 나는 손오공처럼 벌을 받고 있는 중이고 할머니는 그런 나를 구제해줄 수 있는 유일한 사람이라고 생각했던 것 같다. 내가 그들처럼 세상을 구할 수는 없으니 할머니 말을 잘 들어야 그나마 고통이 조금은 덜하지 않을까 하는 기대를 품고 있었다.

나는 아플 때면 내가 무엇을 잘못했는지부터 생각했었다. 꼬맹이가 저지르는 일이 하루에도 수십 가지가 넘을 텐데 나는 항상 후회하고 반성했었다. '그래서 벌을 받는구나.' 싶어서. 벌 받는 나를 치료하는 할머니를 거스르는 행동까지 더해진다면 그건 너무나 큰 잘못이었다. 바늘이라는 두려움이 날 덮친다고 울음을 터트리고 온몸으로 발버둥치며 벗어나는 모습은 가장 큰 벌을 받을 수밖에 없는 죄인 것이다.

손가락 열 개를 바늘로 다 따보아도 차도가 없을 때

는 이런 나 때문에 나아지지 않는 것 같아 너무 괴롭고 할머니께 죄송했다. 친척들에게 맡겨져 있다 하여도 나는 가족 없이 혼자 지내는 아이였고 이런 내가 자존감을 가진다는 건 불가능에 가까웠다. 자연스럽게 생존력이 강해졌고 너무나 당연하게 내가 맡겨진 시골에서 가장 서열이 높았던 할머니에게 의지를 하게 됐다. 몸이 아프고 견딜 수 없을 때는 더욱더 맹목적으로 할머니를 찾았다. 6살까지 시골에서 가족 없이 홀로 자란 나에게 가장 합리적인 선택이었다.

한바탕 젖값을 치르고 지쳐서 누워 있으면 큰엄마가 다가오셨다. 어린 조카가 아무것도 먹지 못하고 쌕쌕거리며 누워만 있는 걸 도저히 바라보지 못하는 분이셨다. 큰엄마는 항상 근심이 있으신 것처럼 눈썹을 팔자 모양으로 만들고선 잔뜩 눈물이 고여 있는 눈으로 나를 바라보셨다. 환하게 웃으셔도 눈물이 날 것 같은 모습이었다. 농사일로 거칠고 두터워진 손으로 여기저기 내 상태를 어루만지고선 마루에 있는 광에서 본인 자식들이 혹시라도 볼까 봐 꼭꼭 숨겨놓은 사과 하나를 조심스럽게 꺼내 오신다. 그리고는 수저를 힘껏 움켜쥐고 정성스럽게 긁어서 내 입에 떠넣어 주신다. 사과의 단물과 시큼한 맛이 혀를 타고 내려가 위를 쿡 하고 자극한다. 이게 효과가 있는지 조금은 체한 게 내려가는 것 같다. 다시 한 번 받아먹고 또 받아먹는다.

당시에 나는 큰엄마를 엄마라 불렀는데 아마도 이렇게 시작되었던 것 같다. 막연하게 언제가 만날 수 있을 거라는 기대감이 아니라 지금 내 옆에 있는 사람. 나에게는 엄마가 두 명이 생겼다. 지금 내 옆에 있는 엄마, 멀리 떨어져 있는 우리 엄마.

잘 먹겠습니다

앞선 글에서 언급했듯이 예전부터 음식을 먹으면 소화가 쉽게 되지 않고 자주 탈이 났다. 성인이 되어서는 그 횟수가 급격히 줄어들었지만 지금도 종종 소화가 잘 되지 않고, 두통이 동반된 체기가 나를 괴롭히곤 한다. 기억하기로는, 열 살 전까지는 일주일에 서너 번은 꼭 체해서 먹은 걸 다 토해내고 두통과 열에 시달렸다. 그때는 한 끼라도 마음 놓고 입안 가득 음식물을 집어넣고 먹는 게 소원이었다. 그런 소원 때문에 체하는 횟수가 더 잦아지기도 했다. 제때 잘 먹질 못하니, 무언가를 먹을 수 있는 기회만 생기면 쉴 새 없이 쑤셔 넣었다. 결과는 뻔했다. 준비되지 않은 상태로 떠밀려오는 음식을 상대하느라 내 위장은 파업을 선언하고 이제 그만하라는 신호를 두통으로 보내왔다. 이러한 악순환을 반복하던 나에게 TV 광고 속 소화제는 그 어떤 진통제보다도 위로가 되는 존재였다.

8살 즈음이었다. 그날도 소화불량으로 몸져누워 있던 나는 불현듯 TV에서 보았던 연보라색 소화제를 떠올렸다. 당장 그 알약을 먹고 이 고통스러운 상황에서 벗어나는 상상을 끊임없이 하던 찰나, 가끔씩 부모님이 속이 아프시다며 장롱 속 바구니에서 알약을 꺼내 드시던 모습이 떠올랐다. 내 머릿속은 마치 무거운 추가 일정한 간격으로 움직이는 듯한 고통으로 꽉 차 있었다. 눈에 보이지 않는 추의 흔들림을 붙잡아보고자 아랫입술을 꽉 깨물고 조심스럽게 자리에서 일어나 장롱을 뒤지기 시작했다. 종이 뭉치 위에 얌전히 올려져 있는 핑크색 바구니를 발견했고, 이제 막 한글을 떼었던 나는 그 안에 들어 있는 여러 껍데기들 위에 쓰인 글씨를 더듬더듬 읽어갔다. 마침내 '소화제'라는 글자가 눈에 띄었다.

볼록렌즈처럼 튀어나온 투명한 플라스틱 안에는 약이 한 알 한 알 납작하게 붙어 있었다. 엄지손가락으로

힘주어 누르니 알약 하나가 방바닥으로 툭 떨어진다. 그 약을 급히 집어 밥그릇에 담아온 물과 함께 꿀꺽 삼켰다. 그런데 이게 무슨 일인가! 광고에서 보던 것과 달리 아무런 반응이 없다. 그럴 리 없는데….

"그래, 한 알 더 먹어보자!"

평소 엄마 아빠는 몸에 좋은 건 많이 먹는 게 좋다고 얘기하셨다. 그 말을 교훈 삼아 알약 하나를 더 꺼내 꿀꺽 삼켰다. 하지만 두 알로도 어딘가 부족한 것 같았다. 다시 한 번 알약 두 알을 입에 넣었다.

빈속에 연거푸 삼켜버린 소화제들은 아주 재빠르게 분해되기 시작했다. 내 몸속에 커다란 손 하나가 불쑥 들어와 사정없이 위를 주물럭거리고 쥐어뜯는 것 같았다. 처음 느껴보는 강도의 통증이었다. 허리를 제대로 펼 수 없었고 바짝 서 있는 머리카락 사이사이로 식은땀이 맺혔다. 집에는 아무도 없었다. 나는 장롱 앞에 서서 깊은숨을 들였다 마시기를 반복했다. 어른들이 복용하는 소화제를, 그것도 복용량을 넘겨 집어삼킨 대가는 혹독했다. 조금씩 통증이 가라앉으면서 졸음이 쏟아졌다. 한참을 자고 일어나니 두통도 사그라지고 답답하던 명치도 개운해진 것이 느껴졌다. 광고에서 보던 것과는 조금 다르지만, 어찌됐건 몸이 나아지긴 했으니 꽤 신뢰할 만한 약이구나 생각했다.

약 바구니를 제자리에 놓고 마루로 나가 TV를 켰다. 만화는 이미 끝났고, 짧은 뉴스가 나오는 걸 보니 저녁 6시가 훌쩍 지난 모양이다. 누나들은 귀가가 늦어지는 것 같았고 부모님은 언제나 내가 잠이 든 뒤에 들어오시곤 했다. 강력한 약발로 위가 텅텅 비어 있던 나는 엄청난 배고픔을 느꼈다. 우선 밥솥을 열어서 밥은 넉넉하다는 걸 확인한 뒤, 냉장고 문을 열었다. 김치가 보이고 굽지 않은 생김, 달걀이 보인다. 언젠가 시골집에서 큰엄마가 날달걀을 하나 깨서 간장과 함께 비벼준 걸 무척 맛있게 먹은 기억이 났다. 싱크대를 뒤져 간장을 찾아내 넓은 그릇에 달걀을 풀고 간장을 왈칵 부어버렸다. 밥도 숟가락으로 양껏 퍼서 한데 넣고 열심히 비볐다. 언뜻 봐도 간장이 잔뜩 들어가 있어 맛을 기대하기는 어려웠다. 하지만 허기질 대로 허기진 배는 얼른 무어라도 달라고 보채기 바빴다. 마지막에 참기름을 넣는다는 건 깜박했다.

아무렴, 쫄쫄 굶다 먹는 첫 끼니는 맛있기만 했다. 날달걀과 새까만 간장으로 범벅된 밥을 혼자서 오물오물 씹으면서 나는 손맛 좋은 큰엄마의 음식을 떠올렸다. 깜깜할 때야 집에 돌아오시는 부모님도 무척 보고 싶었다. 어린 나는 내 손으로 처음 만든 밥 한 그릇을 한 톨도 남기지 않고 싹싹 긁어 먹었다. 음식을 남기면 벌 받는다던 어른들의 말을 곱씹으면서.

태양을 만나는 방법

그날도 밖은 모든 것들이 더위와 한참 씨름을 하고 있었다. 어찌 된 일인지 바람도 하나 없던 그런 날이었기에 일방적으로 당하고 있었다는 게 더 어울리는 말이겠다. 나는 그럴 때면 꼭 몸이 아팠다. 열이 철철 끓어오르고 두통이 동반되는 그런. 나의 상태가 이 지경에 이르면 우리 엄마는 어김없이 본인이 알고 있는 민간요법을 총동원하신다. 장롱 속에 넣어두었던 두꺼운 솜이불을 급하게 꺼내서 나를 그 안에 집어넣고는 땀을 쪽 빼게 하는 방법이었다. 어렸던 나는 항상 시키는 대로 했었고 몸속에서 타는 것 같이 뜨거운 열이 가라앉기를 기다리고 또 기다렸다.

한참을 두꺼운 솜이불에 속에 들어있다 보면 별의별

생각들이 내 머리를 지배하고 이명과 같은 알 수 없는 소리도 들려오고는 했다. 부모님이 맞벌이였기에 여지없이 혼자 모든 걸 감내해야 했는데, 가끔 혼자만 남겨져 있는 상황이 무서워서 만화주제가를 크게 부르기도 했다. 그래도 한창때의 여름날은 해가 늦게 저물어서 밝은 날이 길었기에 혼자서 버틸 수 있는 용기가 조금은 더 충만하게 차올랐던 것 같다.

등줄기에서 시작된 땀이 송골송골 이마까지 맺히는 게 느껴진다. 이제 곧 밖으로 나가도 되는 타이밍이다. 고개를 먼저 쑤욱 내밀고 고요한 방안 공기를 먼저 느껴본다. 몸의 열과 솜이불 안에서 만들어낸 열이 합쳐져 방안의 여름 날씨를 가볍게 제압해버린다. 이제 땀으로 흠뻑 젖은 몸을 꺼내서 고요하고 고독한 안방을 빠져나와 마루로 나간다. 한여름의 햇살이 마루를 비추고 나무 바닥에 반사되어 반짝거리며 빛을 낸다. 가장 빛이 반짝이는 바닥에 내 몸을 철퍼덕 하고 짓이긴다. 한여름이 열심히 열을 내뿜고 있지만 이미 가열될 대로 가열된 나를 이길 수가 없었다.

"이렇게 시원할 수가 있다니."

몸 안에 가득 차 있는 열기를 밖으로 내뿜기 위해 입을 살짝 벌리고 숨을 내쉬어 본다. 뜨거운 입김이 목구멍을 타고 올라오는 게 느껴진다.

이렇게 있다보니 학교에서 읽었던 동화책이 떠올랐다. 구름과 태양이 길을 걷고 있는 사람의 옷을 누가 빨리 벗길지 내기를 하는 내용이었는데, 구름이 자신만만하게 자신이 이길 거라며 온 힘을 모아서 바람을 세차게 불어댄다. 어마어마한 강풍을 일으키며 모든 역량을 쏟아부었지만 구름이 세찬 바람을 불면 불수록 길을 걷던 남자는 옷을 더욱더 꽁꽁 싸매기 바빴다. 힘이 빠져버린 구름을 보며 태양이 여유 있게 미소를 짓고 힘차게 열기를 내뿜는다. 뜨거운 열이 지면에 닿을수록 더위를 참지 못하고 길을 걷던 남자가 하나씩 옷들을 벗기 시작한다. 결국 태양의 승리로 끝나는 이야기의 동화를 떠올리며 내용이 전달하려는 교훈은 전혀 생각나지 않고 지금의 내가 태양 그 자체가 된 것 같은 착각이 들었다.

"여름의 태양이라는 것도 나한테는 별수 없구나. 지금도 봐봐, 이렇게 선풍기도 틀어놓지 않았는데 나는 시원하기만 하잖아. 내가 태양보다 더 센 거야."

이런 말도 안 되는 생각을 머릿속에서 지껄이고 있을 때 몸이 점점 식어가는 게 느껴졌다. 몸에서 강제로 수분을 뽑아낸 나에게 오한이라는 다른 시그널이 전달되고 있었다. 짓이겼던 몸을 일으키고 다시 태양이 되기 위해서 두꺼운 솜이불로 쏙 들어간다. 머리까지 이불을 뒤집어쓰고 다시 이런저런 생각을 하며 열심히 몸을 데우기 시작했다. 이번에 아픈 건 전과는 다르게 쉽게 물러날 것 같지가 않다. 한참 동안 몸을 데웠는데도 이가 딱딱 부딪칠 정도로 몸에 오한이 밀려온다. 문득 난 구름이었나? 라는 생각이 들었다. 아무렴 어떨까? 난 이미 여름 정도는 가볍게 이길 만큼의 열기를 가진 사람인데. 얼른 태양이 되어서 다시 한 번 시원한 여름의 공기를 마루에서 마음껏 느끼고 싶다고 생각했다.

다시 알 수 없는 이명에 시달리고 오한이 점점 뜨거

운 열로 바뀌기 시작한다. 처음 이 무거운 이불 안으로 들어올 때만 해도 쓸쓸하고 외로웠는데 이제 태양이 되어 또 다른 태양을 이겨낼 생각을 하니 뭔가 몽글몽글하고 살짝 들뜨는 기분마저 든다. 조금씩 땀이 몸에서 베어나오고 이제 마루로 다시 나갈 채비를 한다. 아니다. 조금 더 버티고 버티어 내 몸을 손댈 수 없을 만큼 최대한 뜨겁게 만들어야겠다. 그래야 마루에 가득 차 있는 여름의 공기를 한 번에 제압할 수 있을 테니 말이다. 숨을 고르고 조금 더 버티어본다. 아마도 가장 강렬한 기억에 남을 여름을 그렇게 보내고 있었다. 내가 만든 가장 뜨거운 열기와 함께.

빚이 낳은 빛

내가 일곱 살이 되던 해, 그때부터 우리 집은 형편이 어려워졌다. 어린 내가 집안의 살림에 대해 속속들이 알 수는 없었지만 그즈음부터 부모님의 귀가 시간은 점점 늦어졌고 두 분의 다툼도 잦았다. 새벽까지 장사를 하셨던 부모님은 오전 늦게 일어나시곤 했다. 누나들이 아침에 등교하고 나면 집에는 항상 부모님과 나만 남겨져 있었다. 휑한 집에 부모님과 '남겨진' 나는 누나들이 몹시 부러웠다. 어쩔 땐 정말이지 나도 학교에 데려가 달라고 조르고 싶을 지경이었다. 아주 어렸을 적부터 누나들과 떨어져 지내 데면데면했기에 떼를 써도 누나들에겐 소용없을 거라는 걸 알아서 진작에 포기하긴 했지만, 나는 그만큼 집에, 그것도 부모님만 있는 집에 남겨지고 싶지 않았다.

두 분의 다툼은 눈을 뜬 순간부터 시작되었다. 무슨 말을 하는 건지 다 이해할 수는 없었지만, 돈 때문에 그 싸움이 벌어졌다는 건 알아챌 수 있었다. 평소 친분이 있던 사람에게 사기를 당했고 그 판에 집이 담보로 넘어가게 생겼으니, 얼른 처분하자는 엄마의 고함이 매일 반복되었다. 그럴 때마다 아버지는 쓸데없는 소리 하지 말라며 당신은 절대 집을 처분할 생각이 없다고 단호히 말씀하셨다.

마루에서 TV를 틀어 놓은 채 불안한 마음으로 앉아 있던 나는 안방에서 들려오는 두 분의 외침이 귀를 찌를 때마다 이럴 거면 차라리 이 집이 통째로 없어졌으면 좋겠다고 생각했다. 집이 없어지고 나면 이 괴로운 상황도 끝나겠지? 집이 사라지면 부모님이 한 공간에 머물 일도, 이 무서운 싸움도 일어나지 않겠지? 이 막연한 상상이 무색하게 두 분의 음성과 몸짓은 점점 더 격렬해졌다. 그 격한 분위기는 고스란히 내 몸과 마음에도 스며들었다. 그 지난한 싸움은 늘 엄마가 집을 나가 버리는 것으로 일단락됐다.

나는 아버지와 단둘이 집에 남겨져 있었다. 아버지는 안방에서 한참을 혼잣말로 역정을 내시고는, 불쑥 내게 오셔서 평소 나의 태도나 행실을 지적하시기 시작했다. 그런 갑작스러운 다그침에 일곱 살 아이가 대응할 수 있는 방도는 별다른 게 없다. 아직 화를 가라앉히지 못한 아비의 마음에 불씨를 더욱 키웠을 뿐. 일곱 살배기 아들의 예정된 실수를 넘길 재량이 부족했던 아버지는 처음에는 말로, 다음에는 손으로, 가끔은 빗자루로 매질을 하셨다. 왜 나만 집에 남겨져서 이런 꼴을 당해야 하는 건지, 엄마와 누나들이 원망스럽고 미웠다. 내 몸에 가해지는 타격을 겨우 감내하고, 더 이상 눈물도 나오지 않게 되었을 때, 나는 한 가지 확신을 갖게 됐다. 이 모든 게 돈 때문에 벌어진 상황이라는 것. 동시에 우리 부모님의 돈을 가로챈 그 누군가를 죽도록 미워하게 되었다. 분노라는 감정을 명확히 감각으로 느끼게 되었던 순간이었다.

한바탕 아버지의 다그침과 매질이 끝나고 나면 꼭 잠이 쏟아졌다. 욱신거리는 상처를 회복하기 위해서인지,

아니면 우느라 너무 많은 에너지를 써버린 탓인지 갑자기 깊은 잠에 빠져버리곤 했다. 그렇게 한참을 자고 일어나 굳은 몸을 쫙 펴고 주위를 둘러보면, 텅 빈 집에는 나 홀로 남겨져 있었다. 혼자니까, 혼자 있으면 아무 일도 일어나지 않을 거라는 안도감이 들었다. 이상한 안도감을 느낀 나는 부엌으로 가 끼니를 챙겨 먹으면서 부모님이 내뱉은 말들을 곱씹어보곤 했는데, 그러던 어느 날 "우리가 길에 나앉게 생겼다"라는 말이 뇌리에 깊게 박혔다.

그 말인즉, 걸핏하면 다투는 부모님을 보지 않아도 된다는 것이었고 특히나 거친 화살을 내게 내리꽂는 아버지와 불편하게 단둘이 집에 있지 않아도 된다는 뜻이기도 했다. 돈을 잃고, 집이 없어진다는 게 어쩌면 내게는 좋은 일일 수도 있겠다는 기대감이 생겨났다. 무슨 일이 있어도 이 집만은 팔 수 없다는 아버지의 집착도 무용해질 것이라 생각하니 괜히 웃음이 나기도 했다.

결국 머지않아 집안에는 온통 빨간 압류 딱지가 붙

었고, 처음 보는 어른들이 들이닥쳐 부모님을 찾기 시작했다. 꽤나 당황스럽고 놀라운 장면들이 펼쳐졌지만, 이제 곧 이 집을 벗어날 수 있겠다는 설렘을 꾹꾹 눌러 담은 채 제법 의연하게 대처했었다. 부모님과는 자주 만날 수 없게 되었고 아버지의 호통에서도 자연스럽게 멀어질 수 있었다.

집 안의 살림살이가 없어질수록 내 안에는 낯선 평화가 구색을 맞춰 들어섰다. 이 모든 게 다 돈 덕분이었다. 거대한 빚은, 뿌연 먼지만 흩날리는 메마른 공간에 홀로 덩그러니 남겨져 고통받았던 일곱 살 어린아이를 구해준 한 줄기 빛이 되었다.

혼자인 듯 혼자 아닌 혼자 같은

굉장히 오래 전부터 무리에 끼어 어울리기를 버거워했다. 또래 친구들이 우르르 몰려다니며 행하는 놀이들이 내겐 상당히 부대끼는 일이었다. 그렇다고 해서 그들과 따로 떨어져 혼자 지낼 수 있는 용기도 없었기에 어떻든 그중 한 명으로 존재하려고 노력했다. 이런 성격을 가진 내가 초등학교라는 작은 사회에 속하게 된 건 참으로 난감한 상황이 아닐 수 없었다. 동네에서 어울리던 무리와는 비교되지 않는 규모의 또래 아이들이 한데 몰려 있는 곳이니 말이다.

입학식 날, 수백 명의 아이들이 도열해 있는 모습을 목격하고는 너무도 아찔한 기분에 연신 교문을 쳐다보며 도망가고 싶다고 생각했다. 그 뒤로 매일 밤마다 내일이 오지 않기를 기도했다. 머릿속에는 오만가지 걱정이 피어났다. 학교에서 일어날 수 있는 최악의 상황이란 상황은 죄다 내게 일어날 것 같았고, 도무지 내 힘으로 해결할 수 없는 문제처럼 느껴졌다. 학교라는 세계는 정글이나 다름없어 보였다. 심란한 내게 하루의 끝을 붙잡을 수 있는 방법이란 그저 잠들지 않는 것이었다.

부모님과 함께 잠을 청하던 나는 불 꺼진 깜깜한 방에서 혼자 멀뚱히 눈을 뜨고 어둠이 밝아질 때까지 기다리고 또 기다렸다. 그러면 아버지의 코 고는 소리가 들리고 옆에서는 피곤함을 내뿜는 엄마의 숨소리가 차례로 들리기 시작한다. 양옆에 부모님을 펜스처럼 두고 가운데 누운 나는 꼼짝 못 하고 가만히 누워 천장만 쳐다봐야 했다. 두 눈이 서서히 어두움을 인식하면 안 보이던 사물의 형태도 조금씩 뚜렷하게 나타나고, 그제야 한결 가벼운 마음으로 천천히 상상을 시작한다.

학교에 가지 않으면 어떨까? 엄청 좋겠지? 눈치 볼 일도 없이 모든 아이들이 나를 단번에 좋아해주면 얼마나 좋을까? 이런저런 생각들이 꼬리를 물었다. 어떨 때는 비행기 조종사가 되고 싶다는 마음이 들기도 하고, 문득 한글을 떼지 못했다는 불안감에 자음을 순서대로 소리 없이 읊조리기도 했다. 나에게 밤은 가장 사적이고 개인적인 시간이었다. 잠들지 않는 그 시간 속에서 자유로웠고 갈 수 있는 한 멀리 나아갔다. 그 소중한 순간을 위해서 치열하게 잠과의 사투를 펼치다 스르르 나도 모르게 잠이 들곤 했다.

아침이 밝으면 나는 항상 혼자 눈을 떴다. 중학생 큰누나와 초등학교 고학년 작은누나는 이미 등교를 했고, 부모님도 일찍 일터로 나가시고 난 뒤였다. 시계도 잘 볼 줄 몰랐던 나는 작은누나가 엄하게 가르쳐준 덕에 TV 속 아침 방송 화면 상단에 떠 있는 전자시계의 숫자를 통해 시간을 확인했다. 8과 4와 0이 동시에 표시되어 있는 걸 보니 학교로 출발해야 하는 시간을 이미 훌쩍 넘긴 것 같았다. 왜 잠들기만 하면 시간이 이렇게 빨리 흘러가버리는 건지….

불안한 마음을 부여잡고 양치질도 세수도 생략하고 머리는 산발을 한 채 열심히 학교로 뛰어간다. 겨우 도착한 복도에서는 고요함이 흘렀다. 이미 1교시 수업을 시작했다는 뜻이었다. 최대한 조심스럽게 뒷문을 열고 들어간다면 아무도 모르게 슬쩍 자리에 앉을 수 있을지도 모르겠단 생각이 들었다. 마른침을 삼키고, 아랫입술을 앞니로 꽉 깨문 채 8살 아이가 발휘할 수 있는 가장 섬세한 감각을 동원하여 미닫이문을 천천히 움직였다.

드르르르륵. 적막함을 한방에 부숴버리는 효과음…. 교실 안에 있는 모든 아이들이 동시에 날 쳐다본다. 귀까지 새빨개져 얼른 자리에 앉았는데 선생님께서 문을 닫으라고 말씀하신다. 아차 싶어 뒷문을 닫으려고 하는 순간 덧붙여진 선생님의 한마디. 지각한 나는 수업을 들을 자격이 없으니 교실 밖으로 나가 있으란다. 이게 무슨 소리인가 싶어서 선생님을 바라보려다 나를 쳐다보고 있는 반 아이들과 눈이 마주쳤다. 그 순간 갑자기 내가 어울려야 하는 무리에게 잘 보여야겠다는 마음이 들었고, 때아닌 기지를 발휘하게 되었다. 나는 그렇게 나쁜 아이가 아니라 그냥 어쩌다 지각을 한 것이고, 앞으로는 절대 그러지 않으리라는 식의 변명을 해야겠다는 이상한 결심이 든 것이다. 하지만 이걸 차마 말로 다 표현할 수 없었던 나는 반 아이들을 보며 그저 헤벌쭉 웃고 말았다. 그것이 변명을 대신하려는 최선의 표현이었지만, 안타깝게도 담임선생님 눈에는 반성의 기미가 전혀 없는 학생으로 비쳤던 것 같다.

교탁 앞으로 불려 나간 나는 세차게 손바닥을 맞기 시작했다. 단단한 매가 반원을 그리며 움직이는 것을 보는 동안 후회가 밀려왔다. 왜 그랬을까? 왜 그랬지? 뭐 그리 잘 보이고 싶었던 거지? 빨갛게 달아오른 손바닥을 입으로 후후 불면서 복도에 혼자 우두커니 서 있던 나는 혹시나 교실에 있는 아이들이 날 이상하게 쳐다볼까 하는 불안함에 열심히 눈치를 봤다. 하지만 아무도 관심이 없었다. 내 나름대로 무척이나 충격적인 하루가 지나고, 어쩐 일인지 별 무리 없이 어떤 집단에 속하게 되었고, 다른 아이들과도 무난하게 관계를 형성하며 지냈다.

그 뒤로도 가끔 나는 부러 지각을 해서 선생님께 따끔한 일침을 듣고, 매를 맞고, 고요한 복도에 혼자 있는 시간을 만들었다. 그리고 나면 지극히 개인적이고 사적인 나로 존재할 수 있다는 게 참으로 소중하고 안심이 되었다. 고요한 잠자리에서 흘러가는 시간을 붙잡으려 애쓰던 때와 비슷한 감정이었다. 그럴 때면 고개를 숙이고 아직 새하얀 태가 그대로 남아 있는 실내화를 보며 조용히 한글의 자음을 읊조리곤 했다. ㄱ, ㄴ, ㄷ….
이렇게 흐르는 시간을 한 번 더 붙잡았다.

우리 집

나는 이사를 참으로 많이 다녔다. 어머니가 사기를 크게 당하시고 난 후부터 시작되었는데, 당시 8살인 나에게는 아주 낯선 경험이었다. 그때까지만 해도 집이라는 것은 한 번 거주하게 되면 평생 머물러야 한다는 생각이 어린 나이에도 깊게 박혀 있었기 때문이다. 사기를 당하고 비워진 곳간에 다른 사람의 돈을 채워 넣었고, 그래도 모자라면 은행에서 돈을 빌리기도 하였으며, 결국에는 감당할 수 없을 부채가 눈덩이처럼 불어났다. 어머니에게 남아 있는 거라고는 상경해서 어렵게 마련한 아버지 명의의 집이 전부였다. 당시만 하더라도 어머니 생각에는 남편 명의로 집을 계약하는 것이 경제적으로 무능력했던 아버지의 권위를 그나마 지켜주는 것이었다고 한다.

오랜 타지 생활에서 힘들게 내 집을 가지게 된 아버지는 그 상징성에 어마어마한 의미를 부여하고 계셨다. 어떻게 해서든 그것을 지키고 싶어 하셨고 누군가에게 뺏기고 싶어 하지 않았다. 빚은 눈덩이처럼 불어나 집을 처분하고 부채를 탕감해야 했지만 마지막까지 당신 소유의 상징인 집을 포기하지 못하셨다. 마음이 급해진 어머니는 아버지를 설득해보기도 하고 화를 내보기도 하면서 집을 처분해줄 것을 권유해보았지만 결국 뜻대로 되지 않았고 그 후에는 아버지의 의지와는 상관없이 압류가 들어와 경매라는 절차를 밟게 되었다.

분명 우리 가족이 머물고 있는 공간이었지만 수시로 어머니에게 빌린 돈을 받기 위해 낯선 사람들이 드나들었고 우리 집은 그냥 아무나 드나들 수 있는 공공의 장소처럼 되어버렸다. 그곳에서 처음 만난 일명 빚쟁이들은 서로 어머니와 아버지의 정보를 공유하기도 하고 때때로 중국 음식을 시켜서 같이 나눠 먹기도 했다. 옆에 8살 정도의 아이가 있다는 건 까맣게 잊었는지 나는 거의 집안에 놓여 있는 장식물 취급을 받고 있었다. 가끔 짜

장면이나 짬뽕 따위를 입에 구겨 넣다가 목이 막힐 때면 물을 내오라고 심부름을 시키는 것 말고는 난 그들에게 눈에 밟히는 존재가 아니었다.

냉장고 문을 열고 델몬트 오렌지 주스 유리병에 담겨 있는 보리차를 내어줄 때의 상실감이란 아무리 나이가 어리다고 하여도 견디기 힘든 감정이었다. 두툼한 델몬트 유리병을 혹시나 떨어트릴까 두 손에 꼭 움켜쥐고 물을 대접하면, 컵은 어디 있냐며 넌 물을 컵도 없이 마시냐는 핀잔을 듣는 건 당연한 덤이었다. 그럴 때면 얼른 이 집이 팔려버려서 이런 사람들이 없는 곳으로 이사를 했으면 좋겠다고 생각했다. 드디어 버티고 버티던 우리 집이 경매로 다른 사람의 소유가 되었고 내 인생의 첫 번째 이사를 경험하게 된다. 이미 집과 모든 것들이 가압류 상태였기에 몇 가지 옷만 챙겨서 어머니 손을 잡고 그렇게 이사를 하게 되었다.

함께 도착한 곳은 급하게 새로운 가게를 차리신 어머니 영업장 바로 옆 건물에 위치에 있었으며 1층에는 카

센터가 있었고 2층에 내가 새로 살게 될 집이 있었다. 2층에는 방이 여러 개 자리를 잡고 있었고, 현관 격인 출입구에는 방문하는 모든 사람을 체크하는 어떤 아저씨 한 분이 낮시간 내내 자리를 잡고 계셨다. 어머니는 나를 2층 여러 방 중에 한 곳으로 안내했고, 문 앞에 번호가 쓰여 있던 특이하고 새로운 집은 얼마 지나지 않아 '여인숙'이라는 이름으로 불려야 된다는 걸 알았다. 말 그대로 집도 절도 없던 어머니가 급하게 구할 수 있었던 새로운 집이란 그런 곳밖에 없었던 것이다. 문을 열고 들어가니 다행히 텔레비전이 있었고 화장실도 조그마하게 딸려 있고, 세 사람 정도가 딱 붙어서 몸을 눕는다면 꽉 차는 공간이었다.

어머니가 나를 데려다 놓고 볼 일이 있다며 급하게 자리를 떴고 난 그곳에 우두커니 앉아서 이곳저곳을 살펴보았다. 창문이 모두 막혀 있어서 한낮이었음에도 불구하고 전등을 켜지 않으면 계속 밤인 것 같은 착각이 들 정도로 어두웠고 무엇보다 다닥다닥 붙어 있는 옆방의 소리가 너무 또렷하게 들려왔다. 정확히 사방에서 새어 나오는 소리들을 내가 감당하고 가만히 듣기에는 버거웠던 것 같다. 괜히 조심스럽게 움직이며 내 귀에 여러 겹 화음을 이루는 소리들을 잠재우기 위해 텔레비전을 전원 버튼을 눌렀다. 재미가 없는 뉴스가 방송되고 있었고 얼마나 시간이 흘러갔는지 모르겠지만 내가 잠들 때까지 어머니는 오시지 못했다.

다음날 학교에 가기 위해 서둘러 일어났다. 원래 살던 곳은 걸어서 10분 정도면 학교에 도착했지만 새로 이사를 한 곳은 버스를 타고 30분 정도, 다시 도보로 20분 정도의 시간을 더 할애해야 학교에 닿을 수 있었다. 어머니는 나의 손을 붙잡고 버스 정류장을 향하며 여러 가지 당부의 말씀을 하셨다.

"태규야, 버스는 16-1번, 26-1번, 16번 이렇게 세 대 중에 한 대를 꼭 타야 하고 방송으로 신창교라는 곳에 도착했다고 하면 벨을 누르고 내리면 돼! 집에 올 때도 세 대 중에 한 대를 타고 이문교라는 곳에 내려서 엄마 가게로 오면 돼! 알았지?"

엄마보다 내 스스로 걱정되는 마음이 컸지만 알겠다고 안심을 시켰다. 버스가 도착하고 사람들이 빼곡히 들어찬 입구에 몸을 구겨 넣었다. 키가 작아 몸을 지탱할 손잡이를 잡을 수 없었다. 어른들 틈에 몸을 밀착시키고 그들을 지지대 삼아 이동하였다. 한참을 달려간 것 같은데 엄마가 말한 목적지가 방송으로 나오지 않자 온몸에 배어 있던 불안함이 피부에 소름이 돋아나듯 새어 나왔다. 갑자기 오줌이 마렵기 시작하고 도저히 참을 수 없는 지경에 이르렀다. 사방이 사람들의 등으로 막혀 있는 곳에서 발을 동동 구르며 짧게 숨을 후- 후- 하고 내뱉으며 살짝 까치발을 들었다.

드디어 목적지를 알리는 안내방송이 나오고 벨을 누르기 위해 하차하는 뒷문으로 향했다. 겨우겨우 벨을 누르고 후다닥 뛰어내려서 얼른 볼일을 해결할 장소를 눈으로 미친 듯이 서칭하며 고개를 이리저리 돌려본다. 다행인지 불행인지 하차한 곳에 작은 하천이 있었다. 얼른 목적지명인 신창교 다리 밑으로 내려가 불을 끄듯 바지를 내리고 노상방뇨를 해버렸다. 몸 안에 가득 차 있던 것들이 새어 나오자 다리에 잔뜩 힘이 들어가 있던 근육들이 서서히 풀리더니 갑자기 눈물도 새어 나왔다. 아마도 어제 여인숙에 혼자 남겨져 있을 때부터 참아왔던 눈물이었던 것 같다. 이것이 왜 이 타이밍에 소변과 같이 터져나오는 것인지 모르겠으나 아주 많이 울고 싶었던 건 분명했다.

혼자 새로운 집에 남겨진 게 무섭고 외롭고 서글펐다. 어머니에게 누나들은 언제 오냐고 안부를 물었더니 다 큰 여자들은 이런 곳에 드나들면 안 된다며 작은 셋방을 구해줬다는 소식을 들려줬다. 어제만 해도 이것이 크게 신경 쓰이지 않았지만… 아니다, 이것이 무척 서운하고 미웠다.

나도 이런 곳에서 혼자 있고 싶지 않은데.

아침에 처음 버스를 탈 때도 너무 무서우니깐 나좀 데려다달라고 조르고 싶었는데.

이 모든 게 다리 밑에서 노상방뇨를 할 때 터져 나오다니. 한참을 울어 재끼고 혹시라도 지각을 할까 봐 옷소매로 얼굴에 남아 있는 눈물을 걸레질하듯이 닦아내고 학교로 향했다. 한동안 여인숙에 머물렀던 나는 그 후에 친척 누나 집에서 잠깐, 고모 집에 한동안 머물다 누나들이 살던 셋방으로 합류할 수 있었다.

최근에 내 인생에서 가장 근사한 집으로 이사를 하게 되었다. 어느 날 밥을 먹던 둘째 아이가 불쑥 "난 집이 제일 좋아"라고 이야기를 하길래 아빠도 집이 제일 좋다는 대답을 해주고 그 이유를 물어보았다.

"제일 편해. 난 세상에서 집이 제일 편해. 그래서 제일 좋아."

당연하면 당연하다고 생각할 수 있는 이 대답에 내 감정이 일렁거리는 건 아마도 다리 밑에서 눈물을 흘리던 내가 가장 하고 싶었던 말을 이제야 들었기 때문일 거다. 여인숙을 나와 친척 집을 혼자 떠돌아다니다 어떤 것도 제대로 갖춰져 있지 않은 누나들의 집에 처음 들어섰을 때 나도 모르게 안도감이 새어 나왔다. 아마도 누추하고 초라해도 나도 집이 제일 좋았던 것 같다. 세상에서 제일 편해서.

14세

중학교에 처음 입학하던 날, 6년을 한 동네에서만 살고 익숙하지 않은 곳에는 잘 가지도 않던 내가 과연 새로운 환경에 적응할 수 있을지 걱정이 많았다. 매년 새 학기에 반 친구들이 바뀌는 것도 무척이나 낯설어했는데, 무려 버스를 타고 30분이나 가야 하는 다른 동네로 등교해야 한다니. 뭐랄까, 마치 버림받는 기분이었다. 이제 그만 안녕, 이라며 내가 살던 동네가 내 등을 떠미는 느낌…. 게다가 같은 초등학교 출신 아이들도 거의 없어 의지할 구석이 하나도 없었다. 아버지가 매일 보는 뉴스에서는 어른들이 학연이나 지연에 얽혀 문제가 많다고 하던데, 나에게는 그 흔한 문제조차 일어나지 않다니. 우리나라가 아닌 다른 세계에 놓인 것만 같았다. 하물며 내가 배정받은 그 학교는 무섭기로 소문이 자자했다. 중학교인데도 근처에 있는 고등학교에서 절대 건드릴 수 없다는, 만화에나 나올 법한 무시무시한 학교 말이다. 이제 겨우 막 열네 살이 된 내가 그런 학교에 입학을 하게 되었으니, 정말 엎친 데 덮친 격이었다.

학생들로 붐비는 만원 버스에 겨우 몸을 구겨 넣으며 이 모습이 꼭 내 미래일지도 모른다는 불길한 생각을 했는데, 그도 그럴 것이 같은 학교 선배들의 기세에 눌려 안 그래도 구겨진 몸이 더욱더 움츠러들었기 때문이었다. 더욱 놀라운 건 나를 움츠러들게 했던 그들이 선배가 아니라 동급생이었다는 사실이었다. 이 사실은 입학을 하고 일주일 정도의 시간이 흐른 후에 알게 되었다. 남자들만 입학할 수 있는 그 학교에서 나는 그저 하루하루 아무 일 없이 지나가기를, 혹시라도 무슨 일이 생긴다면 빨리 끝나기를 기도했다. 다행히 나에게는 아무 일도 일어나지 않았다. 아무 일도 일어나지 않았는데 무엇을 그리 겁내느냐고 물을 수도 있겠지만 나는 그 짧은 일주일 동안 등굣길 곳곳에서 일어나던 유혈사

태를 지켜보며 내가 감당할 수 있는 수준을 넘어선 상대라는 걸 금방 깨달았다.

나도 초등학교 때까지는 나름 날라리였는데, 그런 내가 봐도 그들의 몸짓은 사뭇 남달랐다. 손 한 번 뻗었을 뿐인데, 발 한 번 휘저었을 뿐인데, 몇 번의 몸짓만으로 그들은 어떤 상황이든 쉽게 정리했다. 먼저 울거나 먼저 코피를 흘리면 곧 지는 것이었던 초등학교의 룰은 통하지 않는 듯 보였다. 새로운 룰이 적용되는 그곳에서는 스스로를 시험에 들게 하면 안 됐다. 혹여라도 어떤 무모함이 발휘되어 나를 내던진다면 그건 일종의 도박이나 마찬가지였다. 얻는 것에 비해 잃을 것이 더 많다는 게 뻔했으니까. 내내 졸이던 마음은 학교가 파하고 우리 동네에 도착해서야 안심이 되었다. 익숙한 풍경이 눈에 들어오면 그제야 비로소 구겨져 있던 몸을 조금씩 펼 수 있었다. 구겨진 자국이 조금 남아 있긴 했지만 그래도 괜찮았다.

등굣길과 마찬가지로 하굣길의 버스도 학생들로 항

상 만원이었다. 비슷한 또래들로 꽉 찬 버스에서는 라디오를 틀지 않았다. 버스 기사분도 시끌벅적 붐비는 버스에 굳이 라디오 소리까지 보태고 싶지는 않았을 것이다. 집 방향이 같은 친구도 없었기에 하굣길 버스 안에서는 이따금 사람들 몸 틈새로 보이는 창밖의 풍경을 묵묵히 바라보며 돌아오곤 했다. 어느 날은 그 틈 사이로 텅 비어 있는 버스 한 대가 눈에 들어왔다. 버스 번호도 다른 차들은 두 자릿수인데 반해 그 버스는 세 자릿수였다. 도대체 어디를 향하는 버스이길래 사람이 저렇게 없는지 궁금했다. 그러다 버스 문 옆에 쓰여 있는 노선을 확인했는데, 글쎄 우리 동네 정류장이 떡하니 보이는 게 아닌가! 더 자세히 들여다보니 다른 동네를 경유해서 우리 동네에 도착하는 버스였다. 게다가 절묘하게 학생들이 많이 타는 정류장은 피해서 정차하는 버스였다.

다음날부터 그 버스에 올라탔다. 빈 좌석 중 가장 탐나는 곳에 앉았다. 신기하게 그것만으로도 마음이 한결 놓였다. 열 정거장이 넘도록 나와 버스 기사 아저씨 두 사람만 타고 있었다. 기사 아저씨는 그 상황이 퍽 낯설었는지 라디오를 틀어주셨다. 시내 곳곳의 도로상황을 알려주는 교통방송이 나왔다. 전국 각지의 사람들이 보내온 재밌는 사연과 슬픈 사연을 디제이들이 맛깔나게 읽어줬는데, 말재간이 좋은 재미있는 친구가 옆에서 쉴새 없이 떠드는 듯한 기분이었다. 라디오 방송의 마무리는 언제나 신나는 트로트였다. 때마침 내가 하교하던 시간은 점심에 먹은 밥이 슬슬 소화되기 시작하는 시간대였다. 식곤증으로 졸음이 몰려오기도 딱 좋은 때라서 대부분의 선곡이 빠른 템포의 트로트였던 게 아닐까 싶다. 물론 처음부터 트로트가 익숙했던 것 아니었다. 듀스와 서태지에 열광하던 내게는 아주 지루한 음악이었지만 그래도 달리는 버스에서 유유히 혼자 듣는 트로트는 묘하게 기분을 설레게 만들었다.

트로트는 특히 사랑에 관한 가사들이 많았는데, 에둘러 표현하지 않는 솔직함이 더 진심 같아 좋았다. 너를 사랑하니 나를 내던지겠다는 표현은 이후 어설픈 연애를 하던 나에게 좋은 영감을 주었다. 30분이면 갈 수 있는 거리를 굳이 한 시간 넘게 세 자릿수 버스로 여행하듯 다녔다. 낯설고 불편하기만 하던 중학교 생활에도 금세 익숙해져서 이내 두 자릿수 버스로 다시 갈아탔지만, 더 이상 버스에서 트로트를 들을 수 없다는 사실은 여간 섭섭한 일이 아니었다.

"너에게 나를 내던져버려도 후회 따위는 없다! 이 한 목숨 지금이 아니면 언제 바칠까! 아, 아, 내 사랑…."

사랑받는 가족구성원이 되고 싶어서

아니요, 아니요, 아니요

아이를 키우면서 애정 표현에 대한 생각을 정말 많이 하게 되었다. 내가 어릴 적에는 부모님과 가볍게 포옹을 하는 것도 상상하기 어려웠기에, 우리 아이들에게 어떤 모습을 보여줘야 하나 더욱 고민이 많았다. 이것은 한편으로 스킨십에 대한 문제였고 자라면서 부모님과 그런 감정적 교류가 전혀 없던 나는 이 문제가 더욱 더 어렵게 다가왔다. 우선적으로 여러 육아책과 다큐멘터리를 섭렵했고 일단 적극적으로 먼저 다가가는 연습부터 하였다.

첫째 아이가 태어나고 사람들 앞에서 "아빠야." 하고 말하는 것조차 쑥스러웠기에 더욱더 적극적인 태도를 취해야겠다고 생각했다. 항상 먼저 포옹을 해주고 볼에 입을 맞추는 이런 기본적인 단계를 시작으로 점점 말로 하는 표현까지 덧붙여서 나의 감정을 여러 방향으로 표현하는 것에 스스럼이 없도록 만들어가기 시작했다. 놀이를 할 때도 자연스러운 스킨십이 가능했는데 예를 들어 아이들은 몸으로 부딪히면 노는 것을 좋아하므로 침대 같은 곳에서 안고 구르며 내가 일종의 인간 놀이기구가 되어주면 된다.

중간중간 쉬어가는 타이밍에 입술을 피부의 넓은 면적에 대고 있는 힘껏 공기를 불어 넣어주면 '뿌르르' 하는 소리와 함께 살 떨림의 진동이 아이에게 전달되고 자지러지는 웃음소리를 듣게 된다. 인간 놀이기구와 간지럼은 아이를 웃게 함과 동시에 놀이까지 가능하여 내가 자주 시도하는 방식이었다. 이렇게 한바탕 웃고 나면 언제나 뽀뽀로 마무리했고 아이도 수고한 아빠에게 능숙하게 같은 방식으로 보답을 해주었다. 나 스스로 스킨십과 애정 표현에 인색하지 않고 꽤나 능숙하고 적극적인 아빠라고 생각하였다.

둘째 아이는 첫째 아이와는 성별이 다른 여자아이지만 크게 걱정하지 않았다. 첫째 아이를 통해 충분히 학습이 되어 있으니 큰 무리 없이 잘 할 수 있을 거라 생각했다. 둘째 아이가 태어나고 능숙하게 애정 표현을 하는 나를 발견하였다. 오히려 전보다 더욱더 과감하고 적극적인 태도를 취하여 첫째 아이가 종종 삐치는 경우도 생겨났다. 이 정도라면 부모가 되기 전에 우려했던 나의 모습은 없겠다고 안심을 깊게 했다. 아이들과 스킨십도 자연스럽게 많이 하고 애정 표현은 스스럼없이 일상적으로 하는, 다큐멘터리에서 보았던 좋은 부모의 전형적인 모습을 나도 충분히 하고 있다고 여겼다. 주변에서도 좋은 말들을 많이 해줘서 조금은 우쭐한 마음이 들기도 했다.

그런던 어느날 한글도 모르는 둘째 아이가 오빠를 따라서 책이 뚫어져라 열심히 읽고 있는 모습을 발견하였다. 책과 씨름하고 있는 그 모습이 기특하기도 하고 엄청 귀엽게 보였다. 으레 그렇듯이 나의 마음속에 느껴지는 이 감정을 아이에게 행동으로 표현해야겠다고 생각하고 스윽 다가가 볼에 뽀뽀를 쪽 하였다. 다음엔 두 팔을 벌려 꼬옥 안아주며 애정이 듬뿍 담긴 말들을 쏟아냈다. 한참을 듣고 있던 아이가 내 팔을 풀어내며 상상도 못 했던 말을 하기 시작한다.

"아빠, 나한테 물어봐야지!"

영문을 몰랐던 나는 "뭘?"이라고 다시 되물어 보았고 아이는 나를 살짝 째려보며 말했다.

"아빠, 내 몸을 만질 때는 나한테 물어봐야지! 그리고 앞으로는 뽀뽀할 때도 허락을 꼭 받아. 지금은 안 그래서 아빠 때문에 기분이 안 좋아!"

말문이 정말 턱 막혔다. 나를 밀어내다니…. 나를 거절하는 아이라니…. 아빠를 거절한다고…? 이 무안함을 어떻게 견뎌야 하나 한참을 멍하니 서 있었다. 우선은 아이에게 사과를 하고 앞으로는 그러지 않겠다는 약속을 하였지만 속으로는 '그래 오늘만 그런 거겠지. 내일이나 모레쯤이면 안 그럴 거야. 아니지, 자기 전에 한 번 더 시도해봐야겠다'라고 혼자 다짐을 했다.

우리 가족은 저녁이 되면 잠자리에 들기 전에 아이들에게 잘 자라고 인사를 하고 볼에 뽀뽀를 한다. 첫째 아이에게 먼저 인사와 뽀뽀를, 그리고 최대한 자연스럽게 둘째 아이에게 인사와 뽀뽀를 하였다. 아이가 갑자기 정색을 하며 화를 낸다.

"아빠, 내가 나한테 물어보라고 했잖아! 아빠 이제 오지 마!"

이럴 수가…. 또 하지 말라니. 오지 마? 갑자기 이게 무슨 일인가? 분명 내가 눈치채지 못한 어떤 변화를 겪고 있을 텐데 나는 왜 모르고 있었던 거지?

우선 미안하다는 사과를 급하게 하고 아이들을 재운 뒤 아내에게 이게 무슨 일인지 재촉하며 물어보았다. 뜻밖의 말을 나에게 하기 시작한다.

"왜? 아빠는 거절당하면 안 돼? 오빠, 본비가 싫으면 그게 누구여도 거절할 수 있는 거야. 난 오히려 너무 잘했다고 생각하는데."

무언가 강력한 파워를 지닌 어떤 것이 나의 한 곳을 정확하게 강타해버렸다. 순간 가슴이 뻥 뚫리는 기분이

들었다.

그래, 내가 애정의 표현이라고 생각했던 건 어쩌면 아이에게는 아빠라는 호칭에서 나오는 권위였을 수도 있다. 그것은 어쩌면 아이에게 거절하면 안 된다는 명령과 부담처럼 느껴졌을 수도 있다. 돌이켜보니 아빠라는 존재는 아이들에게 애정과 관련된 절대적인 영향력과 함께 권위를 동반하는 사람인 것이다. 순간 "다행이다"라는 말이 나도 모르게 입 밖으로 튀어나왔다. 아빠를 거절할 수 있는 아이라면 원하지 않는 어떤 문제와 그 어떤 권위와 명령에 대해서도 단호하게 안 된다고 자기의 의사를 분명하게 말할 테니 말이다.

거절은 내가 누려야 하는 당연한 권리이다. 그것에 인색한 분위기가 명확하게 존재한다고 하여도. 둘째 아이에게 꼭 고맙다고 말해야겠다. 거절을 당연하게 받아들일 수 있는 아빠로 만들어줘서… 이런 걸 모르고 더 어른이 되지 않게 해줘서 고맙다고.

:)

아이들이 유치원에 등원하면 그날 어떤 활동을 하였는지 선생님들이 사진을 찍어 보내주신다. 우리 아이가 어떤 표정으로 수업을 듣고 친구들과 어떻게 어울리는지 찰나의 순간을 보면서 기쁜 마음으로 상상하는 게 매번 기분이 좋았다. 그림을 그릴 때는 이런 표정을 짓는구나, 체육을 할 때는 몸을 이렇게 움직이는구나, 친구들과 어울릴 때 가장 환하게 웃는구나…. 아이들을 재우고 사진을 보면서 바깥양반과 끊임없이 그날의 아이들 모습을 상상하며 얘기를 나누는 게 중요한 일과 중 하나였다.

부모라 하여 특별한 능력이 있는 건 아니었지만 아이의 표정만으로 많은 것들을 유추해낼 수 있는 기능은 탁월하게 장착이 되었다.

“오늘은 시하가 기분이 좋지 않았나 봐. 가장 좋아하는 수업을 듣는데 표정이 영 좋지 않네. 내일 일어나면 무슨 일이 있었는지 물어봐야겠어.”

바깥양반이 이렇게 얘기하고 다음 날 물어보면 철석같이 속상한 일이 있어서 마음이 좋지 않았다고 아이가 대답을 하였다. 가끔은 지난 사진들을 보면서 ‘맞아… 이때 우리한테 많이 혼나고 있을 때라 그런지 우울한 감정이 얼굴에 묻어 있네. 지나고 나면 별일 아니었는데 왜 그렇게 엄하게 대했을까’라며 그 당시에는 미처 알아차리지 못했던 아이의 감정과 우리 행동을 돌아보기도 하였다. 찰나에 숨겨진 사람의 감정이 얼굴에 이렇게 확연하게 드러나고 읽힐 수 있다는 게 참으로 신기하고 놀라웠다.

한동안 코로나로 인해 등원을 하지 못했던 아이들이 다시 유치원에 다니기 시작했다. 이전과 가장 차이 나는 게 있다면 선생님들이 보내오는 사진 속에 아이들이 마스크로 얼굴을 꽁꽁 싸매고 있다는 것이다. 그나마 눈동자는 또렷하게 보여 이것저것 상상해볼 수 있지만 역시나 얼굴이 확연하게 드러나는 게 아니라 한계가 분명하게 존재한다. 눈은 웃고 있는데 얼굴에 얼마만큼의 미소가 번지고 있는 건지 알 수 없고 눈빛으로 보이는 시선에 속상함이 묻어 있지만 그게 마음에서 나오는 건지 마스크의 답답함 때문인지 유추해내기가 쉽지 않다. 철석같이 맞혀냈던 아이의 기분도 틀리기 일쑤였다. 하루의 절반을 얼굴을 감춘 채로 보내는 아이들은 지금 마음이 어떨까?

어느 날 핸드폰으로 첫째 아이의 사진을 찍던 내가 억지로 한껏 웃고 있는 아이에게 그렇게 웃지 않아도 된다고 얘기를 하였다.

"근데 아빠, 난 이렇게밖에 못 웃겠어."

"왜…?"

"시하는 표정이 두 개야. 가만히 있는 거, 이렇게 웃는 거."

가슴이 덜컹 내려앉았다. 물론 아이의 표정이 두 개일리는 없지만 그 말이 내 마음을 아프게 때렸다. 급한 마음에 새어 나오지 않는 웃음을 억지로 끌어올려 최대한 미소를 만들고서는 "그러면 웃지 않아도 돼. 괜찮아." 이렇게 얘기를 하고 핸드폰을 집어넣었다.

산책 나온 길을 앞장서서 걷고 있는 아이의 뒤를 조심스럽게 따라갔다. 산책로에 다른 사람이 보이자 얼른 아이를 앞질러 가 급하게 마스크를 다시 씌워주었다. 그런 나를 보는 눈은 웃고 있었지만 억지로 만든 건지 정말 웃음이 나와 웃는 건지 알 수가 없었다. 그저 나도 마스크 너머로 사력을 다해 웃어줄 수밖에. 서로의 마스크를 단단히 챙기고 손을 잡고 다시 나란히 걷기 시작했다. 뜨거운 입김이 마스크 안에서 7월 날씨만큼 뜨겁게 감돌고 있었다.

오늘도 우리 아이들은 유치원으로 등원을 한다. 어김없이 선생님들이 사진을 보내주신다. 얼굴을 덮어버린 마스크로 위로 아이의 눈이 반짝인다. 보이지 않는 모습 안에 무엇이 감춰져 있을까? 가만히 상상을 해본다. 수많은 표정들이 갖가지 색으로 그려진다. 그리고 기대해본다. 아이의 얼굴에 하얗게 뒤덮인 색을 치워버리고 구름 사이에 보일 듯 말 듯 떠오른 무지개 같은 모습을. 해가 너무 쨍쨍해도 구름이 너무 많아도 보이지 않을 그 모습을.

나의 배우자가 전시를 합니다

하시시 박 작가님이 전시를 합니다. 안 사람인 제가 작가님의 작품에 대해 이렇다 저렇다 얘기하는 게 조심스럽습니다. 어쨌든 객관적이지 않을 테니까요. 그래서 옆에서 지켜본 하시시 박 작가님의 관해 얘기할까 합니다. 이건 제가 눈으로 좇아 기록한 기억입니다.

지금 전시하고 있는 작품들은 작가님이 저와 결혼을 하고 4년이 되던 해에 핀란드와 스웨덴에서 찍은 사진들이 주를 이룹니다. 당시 첫째 아이가 5살이었고 둘째는 막 돌을 앞두고 있었습니다.

오로라를 담고 싶다는 작가님의 마음이 우리 가족을 북유럽으로 닿게 하였습니다. 들뜬 마음을 품고 핀란드에 도착하고 가장 먼저 본비에게 분유를 타주었습니다. 혹시 몰라 한국에서 가져온 전용 포트로 물을 끓여주었지요. 참고로 여행을 위해 트렁크 세 개를 준비했습니다. 우리 부부의 짐은 되도록 덜어냈고 대부분 아이들의 짐으로 가득 채웠습니다.

아직 둘째 아이가 기저귀를 차고 있고 이유식과 분유를 병행하고 있어서 챙겨야 할 것들이 더 많았던 것 같습니다. 비행기에서 입고 있던 아이들 옷은 서둘러 손빨래를 해서 숙소에 널어주었으며, 기내식을 제대로 먹지 못한 첫째 아이를 위해서 챙겨온 김과 밥으로 끼니를 해결해주었습니다. 우리 아이들은 저녁 8시쯤 잠자리에 들었다가 오전 7시쯤 일어납니다. 사이사이에 둘째 아이의 기저귀를 두 번 정도 갈아줘야 하고요. 낮잠은 따로 재워야 합니다. 첫째는 새로운 곳에 대한 조심성이 아주 강합니다. 적응할 때까지 함께 하면서 충분히 안심을 시켜줘야 합니다. 여행을 왔을 때는 엄마에 대한 의존도가 더 커지는데 잠이 들기 전까지 시간을 온전히 내어줘야 합니다. 이렇게 헬싱키에서 이틀을 보내고 오로라를 찍기 위해 로바니에미라는 지역으로 이동했습니다.

핀란드 국내선으로 한 시간의 비행을 하고 도착한 뒤 공항에서 차로 40분을 이동합니다. 새로운 숙소에 도착하고 제일 먼저 분유를 타고 아이들 빨래를 시작합니다. 첫째에게는 다시 새로운 곳이니 충분한 시간이 또 필요하겠지요. 엄마도 같이요. 아이들을 재우고 작가님은 오로라 투어를 떠납니다. 저녁 10시를 훌쩍 넘겨서 출발을 준비합니다. 영하 20도가 넘는 강추위를 뚫고 단단한 어둠이 걷힐 즈음 숙소로 돌아옵니다.

꽁꽁 언 몸이 이제 막 녹기 시작할 때 아이들이 깨고 하루를 시작합니다. 물론 작가님도 같이요. 아침을 먹이고 시하가 적응할 수 있도록 엄마의 시간을 내어줍니다. 저녁이 되고 오로라를 담기 위해 다시 먼 길을 떠납니다. 새벽이 들어서기 시작할 때 하시시 박 작가님이 숙소로 돌아옵니다. 꽁꽁 언 손으로 셔터를 눌러 찍은 사진들을 보여주며 포토그래퍼로서 또 다른 시작점에 와 있는 거 같아 너무 설레고 본인에게 크나큰 전환점이 된 것 같다고 얘기합니다. 그러면서 같이 와줘서 정말 고맙다는 말도 덧붙입니다. 무엇보다 환한 미소로 저를 바라봅니다.

다시 아침이 찾아오고 아이들의 하루가 시작됩니다. 역시나 엄마를 찾습니다. 우리는 한 번의 경유를 통해서 두 번째 목적지인 스웨덴에 도착합니다. 그런데 우려하던 일이 벌어집니다. 첫째 아이가 열이 39도 가까이 끓어오릅니다. 곁에 있던 본비도 콧물을 보이고 같이 열이 오르기 시작합니다. 제가 한국에서 가지고 온 해열제를 아이들에게 먹이고 있을 때 작가님이 급하게 뛰어나가 가까운 마트에서 미역과 쌀을 사가지고 옵니다. 다른 나라에서 구한 식재료라 한국에서 먹던 입맛을 맞출 수 있을까 걱정했지만 역시나 근사하게 밥을 짓고 국을 끓여서 우리 가족이 먹던 집밥을 아이에게 먹여줍니다. 둘째는 이유식을 따로 만들어 먹였습니다.

저는 노파심이란 필요 없는 의심이라는 깨달음을 얻

습니다. 다행히 이튿날부터 열이 조금씩 내리기 시작합니다. 아이들을 데리고 숙소 근처의 놀이터만 왔다 갔다 합니다. 하시시 박 작가님은 틈틈이 우리가 머물던 동네를 카메라에 담습니다. 외출한 지 30분 즈음 첫째 아이가 그만 들어가자고 얘기합니다. 다시 숙소로 돌아가고 몸이 힘들어 칭얼대는 아이들을 어르고 달래며 하루를 보냅니다. 그렇게 모든 일정이 끝나갑니다. 마지막 날 하시시 박 작가님이 스웨덴에서 머무는 4박 5일 동안 버텨준 아이들에게 너무 고맙고 미안하다고 얘기합니다. 본인 욕심 때문에 그렇게 된 것 같다고. 공항으로 가기 전에 작가님은 간단하게 샌드위치로 아침을 먹었고 아이들에게는 손수 따뜻하게 밥을 차려주었습니다.

지금 전시 중인 하시시 박 작가님의 〈Casual Pieces 4〉에서 제 기억에 따른 기록은 여기까지입니다.

엄마가 직업이 있다는 건 가족들이 엄마에게 기적을 강요하는 것일 수도 있겠다는 생각이 듭니다.

아이가 어른이 되는 아이러니

나는 두 명의 아이를 키우고 있다. 성별도 다르고 성향과 성격 모두 제각각이다. 그나마 공통점이 있다면, 장난감을 좋아하고 언제나 뛰어놀고 싶어 한다는 점이다. 제 마음 가는 대로 행동하지 못할 때 울음을 터뜨리거나 떼쓰는 건 비단 우리 아이들만의 특징은 아닐 터. 타인에 대한 배려보다 자신의 욕구를 충족시키려는 발달 단계에 놓인 우리 아이들은 '어른'이 되기엔 아직 갈 길이 멀어 보인다.

둘째 아이는 아직도 식사를 하면서 음식물을 잘 흘리고, 한 곳에 오랫동안 앉아 있기를 힘들어한다. 지루함을 이기지 못해 여기저기 쏘다니며 저만의 놀거리를 모색하곤 하는데, 그런 아이의 행동이 결국 누군가에게는 불편함으로 작용하게 된다. 예를 들자면 이렇다. 아이는 먹던 식기를 가지고 테이블을 탁탁 때리는 행위를 자주 하는데, 이는 4세 이전 아이의 청각과 시각을 발달시켜주는 데에 굉장히 중요한 일종의 놀이다. 하지만 냉정히 말하자면 나와 우리 아이 사이에서만 허용되는 놀이고, 특히 집 밖에서는 단호히 제지할 수밖에 없는 행위이다. 그렇게 하지 않으면 아이가 다칠 수도 있고 무엇보다도 다른 사람들에게 방해가 될 수 있기 때문이다. 부모라면 아이가 공공장소에서 매너와 예절에 어긋나는 행동을 할 때 묵과하기 어려울 것이다.

그런데 아이와 부모 그리고 타인 모두에게 평화를 안겨주는 마법 같은 존재가 있으니, 바로 스마트폰이다. 아이들은 스마트폰 화면이 쏟아내는 화려한 세계에 빠르게 빠져든다. 자연스레 부모는 여유 있는 시간을 보낼 수 있고 다른 손님들이나 식당 주인도 아이로 인해 크게 문제를 겪게 될 확률이 줄어든다. 이게 과연 최선의 방법인지는 매번 고민스럽지만, 어쩔 수 없는 선택을 할 수밖에 없는 때가 많다.

정확히 기억나지 않는 언제가부터 우리는 얼마나 많은 도덕성 교육을 받아왔던가. 대중교통 이용 시 어른에게 반드시 자리를 양보해야 하고, 식사할 때도 어른들이 우선이라 가장 나이 많은 어른이 첫술을 뜰 때까지 기다려야 하며, 음식을 씹을 땐 입을 벌리면 안 되고… 일찍이 동방예의지국이라 불린 우리나라의 아이들은 첫걸음을 떼기도 전에 어른을 공경하는 법부터 배운다. 이제 막 4살, 7살이 된 우리 아이들은 어디를 가더라도 아직은 가장 어린 사람인 탓에 그곳의 주인이나 마찬가지인 어른들이 세운 원칙과 질서를 따라야 한다.

내가 결혼을 하고 하시시 박 작가님이 임신했을 때 주변 사람들은 내게 아이를 어떻게 키울 건지 물어왔다. 갑작스럽게 생긴 아이기도 하고, 당시에는 앞으로 펼쳐질 일들이 도저히 짐작이 가지 않아 잘 모르겠다는 대답으로 일관했다. 그러면 꼭 되돌아오는 말이, 아이는 아이답게 키우라는 충고였다. 무슨 뜻인지 정확히 헤아리기 어려웠던 그 말을 두 아이의 아빠가 된 지금은 알 것도 같다.

그다음으로 많이 들었던 충고는 아이와 스마트폰을 최대한 멀리 떨어뜨려 놓으라는 것이었다. 결혼 전 아이에게 스마트폰을 보여주는 부모를 보며 수군대는 사람들을 숱하게 목격했고, 나 역시 속으로 우려를 표했었다. 하지만 지금은 감히 그러지 못한다. 때때로 개인의 어떤 행동은 사회의 강요와 통제로 이루어지기도 한다는 걸 이제는 너무나도 잘 알고 있기 때문이다. 아이를 키운다는 건 무엇 하나 쉬운 일이 없다는 속사정을 짐작하며 그저 안타까운 마음으로 지켜볼 뿐이다.

가끔 아이들은 이용할 수 없다는 문구가 쓰인 곳에서 발길을 돌리게 될 때가 있다. 그럴 때면 '아이는 아이답게' 키우라던 조언과 자주 충돌하게 된다. 아이다움이란 무엇일까. 아기 의자에 앉아 있기 싫어도 진득하게 앉아 있는 것? 밥알 한 톨 흘리지 않고 깨끗하게 식사하는 것? 갑자기 소리 지르지도, 뛰지도 않고 얌전하게 걷는 것? 나는 아니라고 생각하지만 누군가는 그렇다고 생각할 수 있다. 성장 과정상 말 안 듣고 제멋대로인 게 당연한 시기라는 설명은 이기적인 정보일 수도 있는 것이다.

아이가 삶을 전개하는 과정에서 때때로 어른의 상식과 교양이 너무도 많이, 너무도 당연하게 요구되는 것 같다. 어쩌면 나부터도 아이가 아이답게 자랄 수 있는 충분한 시간도, 공간도 안겨주지 못한 채 부모라는 입장을 앞세워 예의라는 어른스러움부터 가르치려 하지 않았는지. 당연한 말이지만 나도 아이들을 돌보며 지칠 때가 있다. 매번 속상한 마음과 자기반성으로 끝이 나지만 그럴 때면 누군가와 그냥 이야기를 나누고 싶다. 그냥….

전 국민 필수과목

지금은 나의 반려자가 된 파트너에게 두 번째 만남에서 프러포즈를 했다. 연애는 더 이상 하고 싶지 않았다. 호감 가는 누군가를 만나고 다투기도 하고 그러다 상처 입고 다독이고 다시 만나는 식의 패턴이 반복되는 것이 버거웠다. 모두가 그런 연애를 하는 건 아니겠지만, 내게는 부담스러운 과정으로만 느껴졌다. 무엇이 그토록 연애를 외면하고 싶게 만들었을까? 연애는 하기 싫었는데 왜 결혼은 하고 싶었을까? 왜 과정 없는 결과를 갈망하게 되었을까? 그런데 꼭 연애가 선행되고 결혼은 그다음이어야 하나? 나의 연애를 괴롭힌 건 무엇이었을까?

누군가와 관계를 맺고 타인의 세상에 초대된다는 건

새로운 우주를 만나는 일이라 생각했다. 그런 경험이 실재함을 절감한 건 지금의 파트너를 만났을 때다. 그렇다면 이 사람을 만나기 전에는 어떠했는지 떠올려 본다. 딱히 기억에 남는 것이 없다. 이상한 일이다. 분명 누군가와 연애를 했고, 적극적으로 관계 형성에 임했을 텐데…. 한때 나의 소우주였을 누군가가 아닌 그 시절의 나 자신만이 보일 뿐이다. 무엇이 이토록 이기적인 나를 만들었는지 문득 궁금해진다. 만약 이것이 나의 무의식에서 비롯됐다면, 나도 모르게 계속하고 있는 관계의 역사를 살펴봐야 할 일이다.

부모님은 대체적으로 사이가 좋지 않았다. 어느 순간 어머니가 가장 역할을 하게 된 이후부터는 두 분이 다정하게 있는 걸 본 적이 없다. 냉랭한 분위기 속에서 오가는 말다툼이 유일한 교류였던 것 같다. 어린 마음에는 은근히 두 분의 이혼을 기대하기도 했다. 이혼은 TV 드라마에나 나오는 비현실적인 일이었고, 그로 인한 결과가 무엇을 의미하는지 알지 못했다. 다행인지 불행인지 부모님은 이혼하지 않으셨고, 나는 사람의 감정이란 경제적인 현실이 가하는 타격 앞에서는 속수무책으로 무기력해짐을 목격했다. 그런데 이 경험이 나의 못난 연애에 영향을 줬느냐 묻는다면, 솔직히 잘 모르겠다.

그렇다면 다른 상태의 나를 찾아보자. 뚱딴지같은 소리로 들릴지 모르겠지만, 나는 어릴 적 웅변을 배웠던 게 참으로 후회된다. 경청이 아닌, 큰 소리로 내가 하고 싶은 말만 부르짖는 법을 배우다니. 자신의 의지를 관철하고자 하는 마음을 여실히 드러내는 일보다 어려운 건, 상대의 이야기에 귀 기울여주는 태도다. 그러나 나는 두 손을 높이 쳐들고 쩌렁쩌렁한 목소리로 주워 담지도 못할 말들을 쏟아내는 법을 배웠다. 이 역시 못나기 짝이 없는데, 내 연애를 방해한 결정적 요소는 아닌 것 같다.

이쯤 되니 누군가 체계적으로 연애를 가르쳐주면 좋겠다는 생각이 든다. 누군가를 성공적으로 유혹하는 기술이나 밀고 당기기의 기술 말고, 두 사람이 균형 잡힌 관계를 구축하기 위해 필요한 노력과 방법을 배우고 싶다. 만약 그런 수업이 있다면 나는 맨 앞줄에 앉아 열심히 많은 것들을 묻고, 또 들을 것이다.

우리 아이가 어린이집에서 제일 먼저 배운 건 인사였다. 선생님께 인사하기, 친구에게 인사하기, 부모님께 인사하기. 이는 기초적 사회화 교육이자 주변인과의 관계 형성에 필요한 첫 번째 단추다. 이러한 기본적인 교육이 후일의 인간으로서 갖춰야 할 품성과 태도를 기르는 것일 테다. 하지만 우리는 사회가 정해 놓은 교육과정을 충실하게 이행하며 성장한 누군가가 자신의 감정을 통제하지 못하는 모습을 종종 목격한다. 그 자신은 물론 타인 모두를 불행하게 만드는 이러한 감정적 학대는 유독 연애에서 두드러진다. 그 어떤 관계보다도 친밀하고 강력하며, 동시에 취약하고 폭력적인 연애 관계에서 일어나는 일을 개인의 몫으로만 치부해서는 안 될 일이다.

관계의 역학 속에서 진심으로 함께 할 줄 아는, 성숙한 사람을 기르기 위한 가이드가 필요하다. 고립보다는 연결을 추구하고, 서로에 대한 배려와 끊임없는 조정의 과정으로 빚어지는 상호작용을 가르치는 수업이 공교육 안에서 이루어지기를 희망한다. 과목명은 '연애'. 꽤 두툼한 교과서의 맨 마지막 장 제목은 '이별'. 별다른 내용 없이 빈 페이지로 남겨두는 편이 좋을 것이다.

합체! 파워 업!

나는 내게 어떤 어려운 일이 닥쳐온다면 스스로 알아서 잘 해결해야 한다고 생각했다. 내가 좋아하던 만화만 보아도 그게 자연스러운 행동이었다. 주인공들은 매회 온갖 시련과 공포, 스트레스에 휩싸이지만 항상 보란 듯이 혼자서 짠! 하고 해결했으니까. 물론 그들 곁엔 친구들과 동료들이 있었지만 어쨌거나 가장 멋지게 미션을 수행하는 건 주인공 본인이라는 점만은 변하지 않았다.

현실의 어른들도 어린 나에게 이렇게 말했다. 모름지기 사람은 넘어지고 쓰러져도 다시 일어날 수 있는 힘을 길러야 한다고. 진정으로 강한 사람은 타인에게 의존하지 않고 홀로 설 수 있는 용기를 가지고 있으며, 그렇게 포기하지 않고 뚜벅뚜벅 자신이 원하는 방향으로 걸어가야 한다고도 일러주셨다. 그리고 이어서 꼭 덧붙여지는 회심의 한 마디. 세상에 믿을 놈 하나 없으니 항상 조심하고 또 조심할 것!

조금 더 나이가 든 뒤에 듣게 된 얘기는 더욱 직접적이었다. 같은 학교에 다니며 같은 반에 배정받은 친구들은 결국 다 같이 대학이라는 하나의 목표를 향해 달려가는 라이벌일 뿐이니, 정신 바짝 차리고 오직 나의 앞길만을 생각하라고 했다. 선의의 경쟁은 좋은 것이며, 원하는 결과를 위해 조금 이기적인 태도로 경쟁에 임하는 건 괜찮다는 말도 수없이 들었다. 어른들은 마치 본인들이 입시의 무게를 온전히 떠안은 듯 자꾸 뭔가 조언을 해주고 싶어 했다. 그들에게 학창 시절은 잠깐 지나가는 바람에 불과하고, 그저 입시를 위한 시간으로 치부됐을 뿐이었다.

정답인 줄 알고 착각한 채 내뱉는 말들은 성인이 된 후에도 끊임없이 들려왔다. 그중 가장 충격적이었던 건 결혼을 하게 된다면 아내에게 절대적인 신뢰를 갖지 말라는 조언이었다. 조금씩 나아지고 있다고는 하지만, 여전히 우리 사회에는 남녀 불평등을 조장하는 제도적 문제들이 만연해 있다. 이 땅을 살아가는 한 명의 여성으로서 느끼는 불합리함은 때론 개인의 존엄성을 침해할 정도로 고통스러운 문제이기도 하다. 그런데 피할 수 없는 사회 전반의 불평등 구조를 무릅쓰고 나와의 결혼을 택한 파트너를 믿지 말라니? 그들의 논리는 이렇다. 어차피 피 한방울 섞이지 않은 남남이라는 것. 인생은 결국 혼자서 가는 길인데 남에게 의지한다는 건 무의미할 뿐더러, 행복지수가 높아진다는 보장도 없으니 애초에 결혼을 하지 않는 게 제일 현명한 선택이라고도 말했다.

그렇지만 나는 결혼을 했다. 이런저런 속내를 아내에게 자주 늘어놓곤 하는데, 그럴 때마다 내게 전해주는 위로의 말과 스킨십이 너무나 따뜻해서 든든한 울타리 안에서 확실하게 보호받고 있다는 느낌이다. 그렇다고 해서 결코 내가 나약해진 것은 아니다. 우리는 서로의 목표를 향해 한발 내디딜 수 있는 발판이 되어준다. 학교를 다닐 때도 마찬가지였다. 같은 고민을 갖고 공통된 목표를 가진 친구들이 곁에 있다는 사실 만으로도 안도감과 위안이 들었다. 우리에게는 서로의 존재가 서로의 시험 성적보다 더 큰 영향력을 끼쳤다. 만화에서 그려지는 주인공들의 모습도 점점 달라졌다. 동료들과 힘을 합쳐 공동의 적을 무너뜨리기도 하고, 심지어 사람과 사람이 합체해 두 개의 이성과 하나의 육체를 가진 천하무적 존재로 변신하기도 했다.

누군가는 오늘도 혼자 자신의 길을 묵묵히 걸어가고 있을 테다. 어려운 시간도 홀로 꿋꿋하게, 다른 이의 도움 없이도 얼마든지 지혜롭게 헤쳐가며 살아갈 수 있다고 믿는 이도 분명 있을 법하다. 옳고 그름을 따질 수 있는 일은 아니라고 생각한다. 그러나 나는 나와 같이 성장해온 친구들이, 함께 울고 웃으며 일하는 동료들이, 그리고 내 삶의 원동력인 가족이 나를 더 단단하게 만들어준다고 믿는다. 그들과 나눈 한 줌의 행복, 사랑, 희망이 다양한 형태로 내 안에서 뿌리내리고 있음을 안다. 각자의 온기를 유지하려면 서로가 필요하다. 우리는 함께 살아가고 있고, 나는 외롭지 않다.

자극받았습니다

최근에 이사를 했다. 우리나라에만 있는 전세 제도 때문에 2년에 한 번씩 치르는 행사인데, 이번에는 조금 달랐다. 하시시 박 작가님과 우연히 다큐멘터리 한 편을 시청하게 되었는데 사람이 살고 있는 공간이 삶에 어떠한 영향을 주는지 다양한 주거환경을 통해서 답을 구하고자 하는 내용이었다. 우리나라에서 가장 일반적인 주거 형태인 아파트에 대해 '피할 수 없다면 즐겨라'와 같은 접근 방식이 필요하다고 얘기했다. 아파트라는 주거 형태를 적극적으로 수용한 상황에서 다른 주거공간으로 이사를 한다는 게 쉽지 않다면, 지금 살고 있는 아파트의 방 분위기를 어떻게 변화시키는지에 따라 같은 공간도 충분히 다르게 활용할 수 있다는 것이 골자였다.

반면 단독주택에 사는 사람들의 경우 공간에 대한 개념이 확장성을 가지게 된다고 얘기했다. 이유인즉슨 모두가 당연하다 받아들이고 어디를 가도 비슷한 곳을 마주하게 되는 풍경 속에서 단독주택은 그 또렷한 형태와 존재만으로도 사람들에게 색다른 인식을 던져준다는 것이었다. 새로움에 대한 자극이 아파트와는 많이 차이가 난다는 전문가의 코멘트도 옳다고 단언할 수 없고, 모두가 단독주택에 거주할 수도 없으니 집단시설인 아파트에 대해서 이제라도 새로운 접근이 필요하다는 얘기로 프로그램은 끝이 났다.

우리 부부는 약속이라도 한 듯, 동시에 얘기했다.

"이사 가자."

살고 있던 아파트에서도 우리 가족은 너무 행복했지만 그 결심을 더 이상 미룰 수가 없었다. 아파트가 주는 편리함보다는 낯설고 불편할지 모르지만 새로운 공간이 던져주는 자극을 받아보고 싶었다. 무엇보다 아이들에게 다른 모습의 집도 있다는 걸 알려주고 싶었다. 결혼 생활을 시작했을 때부터 막연하게 가지고 있던 '마당 있는 집'을 기준으로 삼고 적당한 곳을 찾아보기로 했다.

이곳저곳을 알아보다 우리가 생각으로만 품고 있던 집과 아주 비슷한 곳을 발견하였다. 단독주택으로 당장 이사를 하기에는 부담스러웠고, 아파트와 단독주택 중간 지점에 놓여 있는 타운하우스가 눈에 들어왔다. 단지가 조성되어 있어 아파트와 아주 다르게 느껴지지 않았고 가장 중요한 건, 마당이 있었다. 전체적으로 살림의 규모가 커질 수밖에 없었지만 집을 본 당일 과감하게 계약을 결정했다.

이사 후 우리 부부는 농촌 생활을 하고 계시는 장모님에게 도움을 요청하여 마당을 다듬어 나가기 시작했다. 잡초를 하나둘씩 정리하고, 나무에 잔가지를 잘라주고, 볕이 잘 드는 한쪽에는 루꼴라도 심었다. 장을 볼 때마다 꼭 필요하지만 구하기 어려웠던 식재료 몇 가지도 심기로 했고, 바질과 로즈마리, 민트를 곱게 화분에 옮겨 담았다. 이 모든 과정이 마냥 신기하고 마음이 들

떴지만 이런 일을 이제껏 한 번도 해본 적 없던 나는 루꼴라도 바질과 로즈마리도 잘 자랄 수 있을까 걱정되었다. 무엇보다 이 식물들이 과연 식탁에 오를 수 있을지가 궁금했다. 아니나 다를까 루꼴라 밭은 길고양이들이 변을 보기 위해서 여기저기 헤집어놓은 흔적들이 생겨났다. 화분에 심은 식물들은 잘 자라고 있었지만 식용으로의 수확을 기대하기는 어려웠다. 마치 식당에서 손님들의 메뉴 선택을 용이하게 하기 위해서 만들어놓은 음식 모형 같았다.

한동안 일을 하느라 요리를 많이 할 수 없었던 나는 아주 오랜만에 파스타를 만들게 되었다. 가족 모두가 넉넉히 먹을 만큼 프라이팬에 면을 가득 넣어 올리브오일을 듬뿍 두르고 볶은 뒤에 접시에 정성스럽게 담았다. 식탁에 둘러앉아 한술을 뜨기 전에 갑자기 하시시박 작가님이 잠깐 기다리라며 바질 잎 몇 개를 따서 손으로 정성스럽게 찢어 파스타에 위에 올려주었다. 너무나 순식간에 취한 행동이라 얼떨떨했지만 엔초비와 올리브오일로만 맛을 낸 파스타에 바질이 아주 절묘하게 어울렸다. 이럴 수가! 화분에서 바로 식탁으로 연결되는 식재료가 있다는 게 너무나 신기했다.

새로운 공간이 주는 자극 때문인지 하시시 박 작가님은 본인이 가지고 있던 부지런한 성격에 또 다른 부지런함을 더하기 시작했다. 본래 흙과 나무, 꽃을 좋아하시기도 했지만 집에 마당이 있다는 사실이 작가님을 더욱더 적극적으로 행동하게 만들었다. 작가님은 본격적으로 모종을 구입해 아주 널따란 화분에 우리 가족이 충분히 먹을 만큼 수확할 수 있는 크기의 밭을 만들었다. 조금은 들뜬 마음으로 날이 조금 더 따뜻해지면 아이들과 함께 상추를 수확해서 샐러드를 해 먹거나 쌈을 싸 먹는 모습을 상상해본다. 어쩌면 대파는 더 이상 장보기 목록에서 볼 수 없을지도 모르겠다는 설렘까지…. 우리 가족의 작은 농사는 이제 막 시작되었다.

언더 더 씨

아이와 함께 출연했던 예능 프로그램에서 환경을 주제로 촬영한 적이 있었다. 제주도에서 진행된 촬영은 바닷가에 버려진 쓰레기들을 출연자 아빠들과 아이들이 수거하며, 일상에서 아무 곳에나 버려지는 생활 속 물건들이 바다를 통해 어떻게 우리에게 다시 돌아오는지 교육하는 방식으로 진행되었다. 아빠들 중 한 사람은 인어공주 분장을 하고선 아이들에게 바다에 버려진 쓰레기를 잘못 먹어서 몸이 아프다는 상황극을 연출하기도 하였다. 이제 4살에서 5살인 아이들은 속아준 건지 정말 믿어서인지 잘 모르겠지만 연신 인어공주를 걱정하고, 절대 함부로 쓰레기를 버리지 않겠다고 거듭 약속을 하였다.

이 방법이 설득력이 있었는지, 우리 아이도 가끔 아무 곳에나 버려진 쓰레기를 보면 "아빠, 저렇게 쓰레기를 버리면 인어공주가 아프지?"라고 묻곤 한다. 그럴 때면 아빠인 나는 "그럼, 쓰레기는 절대 아무 곳에나 버리면 안 돼! 꼭 쓰레기통에 버려야 해."라고 아주 모범적인 답변을 늘어놓게 되는데, 이게 정말 정확한 대답인지는 잘 모르겠다.

아이에게 "사실은 상처받을까 봐 얘기를 못 했는데… 정말로 섭섭해하거나 상처받으면 안 돼! 알았지? 지금부터 아빠가 하는 얘기는 아무 감정 없이 말하는 거야. 음… 그게… 사실 네가 제일 좋아하는 로봇 장난감 같은 플라스틱이 인어공주를 가장 아프게 하고 있어. 그러고 보니 가지고 있는 로봇이 정말 여러 개다. 그렇지? 그래서 되도록이면, 나무로 된 장난감을 가지고 놀았으면 좋겠는데 이제 와서 그건 너무 어렵잖아. 그렇지? 아빠도 네가 곤란한 건 싫기도 하고… 그렇지만 분명한 팩트는 현재 플라스틱이 가장 문제라는 거야. 인어공주도 고래도 조개도… 그렇다고 너무 죄책감을 가질 필요는 없어. 아빠가 사준 거잖아. 음… 네가 너무 원했기 때문에 사준 거지만, 그렇다고 모든 책임이 너에게 있다는 건 아니야. 아빠도 일정 부분 책임져야 할 부분이 있다는 거지"라고 얘기할 수도 없지 않은가.

어차피 이런 식으로 길게 늘어뜨려 봐야 대부분 알아듣지 못하거나 금세 딴청을 피울 테니. 내가 이야기하고 싶은 건 가끔 우리 아이에게 인어공주가 아픈 이유에 대해서 어떤 입장을 던져주기가 참으로 난감하다는 것이다. 쓰레기를 쓰레기통에 잘 버린다고 해서 해결되는 사안이 아니라는 게 너무나 명확하지 않은가. 거짓말까지는 아니지만 조금은 속이고 있다는 감정이 드는 건 사실이다.

하와이에서 와이키키 해변에 갔을 때도 모래 위에서 음식 먹는 사람들을 보고 우리 아이가 던진 질문은 "아빠, 저기 저 사람들처럼 물에서 뭐 먹으면 안 되지?"였다. 와이키키 해변에서는 너무나 당연하게 펼쳐지는 모습이 아이에겐 '하면 안 되는 것'으로 인식되었던 거 같다. 물론 모래사장에 앉아서 무언가를 먹는 행위는 남다르게 보일 수 있다고 생각한다. 일반적으로 우리는 모래 위에서 음식을 섭취해도 된다고 교육받지 않으니 말이다. 그렇다고 그 행위가 보편적으로 확대되어 '절대 안 되는 건가'라는 문제는 조금 생각해볼 여지가 있는 것 같다.

요즘처럼 환경이 스스로 잘 정화되지 않는 경우라면, 모래 위에서 즐기는 지금의 보편적인 행동이 어떤 반응을 일으켜 환경에 영향을 줄지도 모른다. 극단적으로 보라카이섬은 더 이상 사람들의 발길을 허용하지 않겠다는 방침을 세우기도 했다. 보라카이는 분명 모두에게 허용된 관광지였다. 이제는 모래성을 쌓는 것도 금지되었다고 한다. 우리 아이가 질문을 던졌을 때 선뜻 대답하지 못했던 이유가 여기에 있었다. 아니라고 할 수는 없지만 그렇다고 괜찮다고 얘기하고 싶지도 않았다.

요즘도 아이는 가끔 인어공주에 대해서 이것저것 묻는다. 이제는 조금 더 나이를 먹어서인지 바다에 서식

하는 구체적인 대상을 지정해서 질문을 던질 때도 있다. 범고래는 어떤 걸 먹는지로 시작해서 크기는 얼마인지, 자기가 봤다는 거짓말을 섞어가며 실체와 상관없는 이야기를 마음껏 떠들어댄다. 그러다 마지막은 그때 본 인어공주처럼 아픈지 아닌지 꼭 확인하는 수순이다. 내가 최근 뉴스에서 본 고래들은 인어공주보다 많이 아파 보였다. 대부분 바다에 가라앉은 여러 종류의 쓰레기들을 섭취해서 죽는다고 한다. '아프다'와 '죽는다'. 6살 아이도 구분할 수 있는 분명한 모습과 상태이다. 무엇을 설명할 수 있을까 싶어 머리를 굴리다가 결국 말문을 닫아버렸다.

우리 아이는 7살이 되어도 비슷한 질문을 할 것이고, 10살이 되어도 그럴 것이며, 20살이 훌쩍 넘어서도 나에게 물을 것이다. '그래서 어떻게 되었나요…?' 무엇을 대답해줄 수 있을까?

너는 너

아이들과 수영장을 갔다. 아이를 키우는 부모님들은 대부분 공감하실 텐데, 어린아이들은 물을 참 좋아라한다. 샤워만 해도 까르르 웃음이 나오고 물을 어찌하지 못해서 안달이 난다. 심지어 우리 집 둘째 아이는 밥을 먹을 때 마시는 물조차도 가만히 내버려두지 못한다. 무슨 수를 써서든 자신의 신체 한 부분에 끼얹으려 엄청난 노력을 쏟아붓는다. 그래서인지 내가 부모가 되기 이전에 모든 인생을 통틀어서 수영을 한 횟수가 이제 6살이 된 아이와 수영장에 함께 간 횟수의 절반에도 미치지 못한다.

아이들이 유치원에 등원하지 않는 주말은 정말 시간이 느리게 흘러가는데 이럴 때 물놀이를 하면 상대성이론이 실제 나에게 적용되는 것처럼 미래의 나에게 순식간에 도달한 것 같은 착각이 들 정도로 시간이 빠르게 흘러간다. 어쩌면 시간 여행이란 빛의 속도를 넘어가는 것보다 훨씬 더 간단할 수도 있겠다는 바보 같은 생각이 드는 건 정말 내가 바보이기 때문일까? 인생의 상당 부분을 바보로 지내온 게 사실이라 그럴 수도 있겠구나 싶다.

다시 원래 얘기로 돌아와서, 수영장에 들어서면 준비운동이랄 것도 없이 마구 흥분된 상태로 물에 뛰어들 준비를 하는 아이들을 달래고 천천히 몸을 풀어준다. 심장 가까이에 물을 적시고 신호를 보내면 괴상한 고함을 지르며 물속으로 뛰어든다. 이번에 함께 간 수영장은 유아 풀장이 따로 마련되어 있지 않았기에 금세 뛰어들지는 못했지만 엄마, 아빠의 리드에 따라 적응하니 깊이가 상당한 곳이었는데도 불구하고 유아용 풀장 인 양 물놀이를 하기 시작했다.

둘째 아이는 새로운 곳이나 낯선 곳에 대한 적응력이 무척이나 뛰어나 신나게 수영을 하였다. 반면 조심성이 많은 첫째 아이는 겨우겨우 우리 부부의 품에 꼭 안겼지만 그마저도 불안해서 온몸에 힘이 잔뜩 들어간 채 풀장에 들어왔다. 한쪽에서 신나게 놀고 있는 동생에 비해 안절부절 못 하는 모습이 짠하기도 해서 갖은 회유책을 썼지만 소용이 없었다. 유아용 풀에서는 누구보다 신나게 놀던 아이가 그런 모습을 보이니 참으로 안타까웠다. 억지로 끌어들인다고 해결될 문제가 아니란 걸 잘 알았기에 시간을 충분히 주기로 하였다. 첫째 아이가 한편에서 점프를 마구 해대는 동생을 물끄러미 보더니 혼자 조용히 수영장을 바라본다. 조심스럽게 풀장 속 계단을 밟고 본인이 감당할 수 있는 수위만큼 들어왔다가 소스라치며 물 밖으로 나간다. '아, 오늘은 안 되겠구나.'

아내가 수영을 할 수 있게 둘째 아이를 넘겨받았다. 한참을 놀아주고 첫째 아이는 어디 있나 시선을 넘겼는데, 팔로 단단히 수영장 테두리의 타일 바닥을 부여잡은 채 몸을 물 안에 넣어놓고 있었다.

'음, 오늘은 이 정도면 훌륭한데.'

재촉하는 둘째와 다시 한참을 놀아주고 다시 첫째 아

이를 찾았다. 천천히 천천히 몸을 담근 채 수영장 테두리에 단단히 고정된 팔을 움직여 한쪽 면을 왔다 갔다 하고 있었다. 물이 깊다고 들어오지도 못하던 아이가 혼자서 그곳에 적응을 하고 있었다. 내가 가능성을 염두에 두고 있지 않을 때 아이는 자기만의 방식으로 방법을 찾고 있었던 것이다.

아직도 얼굴에는 잔뜩 겁을 먹은 모습이 뚜렷했지만 나를 보고 겨우 웃어주는 모습은 걱정말라며 안심을 시켜주는 것 같았다. 앞서 생각했던 속마음이 들킨 것 같아 미안한 마음에 "대단하네!"를 연발하며 응원을 해주었다. 겨우 생각해낸 말이 그거라니 참으로 별로이지만 이런 내 생각과는 다르게 아이는 아빠의 격려가 무척이나 기뻤는지 더욱더 씩씩하게 자신의 주어진 행동을 수행하였다. 경솔함이란 이런 거구나 싶어 나는 잠수를 하고 자기반성을 하였다. 그러다 물 위로 솟구쳐 오르니 이런 나를 나무라듯 둘째 아이가 아빠 뭐하냐며 나를 다그친다. 자신이 점프를 하면 잡아달라는 말이었지만, 마치 나를 타박하는 것처럼 들렸다.

드디어 아이는 엄마의 손만 잡고 수영장의 한가운데를 이리저리 가로지르게 되었다. 수영장에 있는 그 누구보다 즐거워 보였다. 모두에게 주어진 공평한 시간을 아이는 자신의 속도로 사용하고 있었던 것이다. 동생보다 느리게 수영장 물에 들어왔지만 누구와도 비교할 수 없는 고유의 경험을 스스로 하게 된 것이다.

아이가 어떤 난관에 부딪쳤을 때는 막연하게 그 모습을 기다려줘야 한다고 생각했다. 부모로서 최대한 멀리 떨어져서 어떤 과정을 목격하더라도 섣불리 움직이지 말아야겠다고 다짐했었다. 혼자서 묵묵히 물에 적응하는 아이를 바라보며 나는 어떤 표정을 하고 있었던가? 어떤 마음을 품고 아이를 바라보았지? 미안하고 부끄러운 마음이 뜨겁게 내 양쪽 귀를 뒤덮었다. 앞으로 내가 할 일은 아이가 가진 본인만의 시간을 존중해주는 것. 딱 그만큼이 아이보다 곱절의 시간을 지나온 내가 같은 시간을 공유하고 이해할 수 있는 방법일 것 같다. 우리 시하는 그런 시하니깐.

제가 사겠습니다

시국이 시국인지라 집에서 보내는 시간이 길어졌다. 오랜만에 가족들과 살 부대끼며 지내는 시간이 너무 소중하고 행복하지만, 같은 공간에서 함께 오래 시간을 보내다보면 어쩔 수 없이 서로 감정적으로 부딪히곤 한다. 특히 아이들과의 관계는 더욱더 난감하게 다가오는데, 가장 큰 문제는 외출이 자유롭지 못한 탓에 집 안에서 즐길 수 있는 놀이를 계속해서 제공해주어야 한다는 점이다. 마치 인터넷으로 주문한 물건이 바로 다음 날 아침 문 앞에 떡하니 도착하듯이, 새롭고 즐거운 놀이를 즉시 대령해야 한다.

처음 몇 번 정도는 거뜬했다. 집에 쌓여 있는 장난감들도 꽤 있고, 만약의 사태를 대비해 숨겨둔 나만의 비장의 무기를 하나씩 천천히 풀어내면 됐으니까.

'일주일 정도는 버틸 수 있겠지?'

현실은 기대를 따라가지 못했다. 삼 일을 겨우 넘기고 나흘째 되던 날, 밑천이 그새 다 드러나버렸다. 평소라면 잠깐 간지럼을 태우거나 두 다리로 몇 번 비행기를 태워주는 것만으로도 충분했지만, 그때와 지금은 상황이 달라도 너무 달라졌다. 이미 나와 아주 긴 시간을 보낸 아이들은 아빠표 놀이를 식상하고 지루하게 여겼다.

미취학 아동들은 한 가지 놀이에 보통 20분 이상 집중하기 힘들다. 나이가 어릴수록 더 그렇다. 우리 아이들은 7살과 4살이니, 이 두 명의 리듬을 하나로 모으는 건 여간 어려운 일이 아니다. 심지어 둘의 취향은 극명히 다르다. 까다로운 두 고객님의 마음을 동시에 사로잡을 만한 놀이를 엄선하기란 정말이지 하늘의 별 따기다. 준비한 재료가 모두 소진되어 어쩔 수 없이 조기 마감합니다, 하고 죄송한 마음을 전할 수밖에. 하지만 이미 주문 및 결제까지 완료하신 두 손님의 기대에 가득

찬 얼굴을 보면 내 마음만 조급해질 뿐이다.

고민 끝에 스케치북과 크레파스를 꺼냈다. 그러자 4살짜리 둘째 아이는 크레파스가 부러져라 마구 휘갈긴다. 그동안 저 작은 아이에게도 큰 스트레스가 쌓인 걸까? 마음 가는 대로 채색하는 단순한 행위만으로도 아이는 그동안 몸과 마음에 쌓인 스트레스를 시원하게 풀어내는 듯 보였다. 한편으로는 저 녀석 또한 나름의 방식으로 이 지난한 격리의 시간을 참고 버텼다고 생각하니 마음 한구석이 짠했다. 4살배기에게도 인생의 무게라는 게 있을 터이니, 아무쪼록 건투를 빈다. 파이팅!

이번엔 7살 큰아이에게 시선을 옮겨본다. 이 녀석도 거침없이 종이를 채워나갔는데, 제법 무언가를 표현한다. 여러 매체를 통해 놀라운 상상력을 발휘하는 아이들의 그림을 종종 본 적은 있지만, 우리 아이에게서 그런 면모를 발견하게 될 줄은 몰랐다. 일반적인 기준에서는 잘 그리고 뛰어난 그림은 아니지만, 자꾸만 눈길을 끌어당기는 그만의 특별한 화법으로 그림을 완성하고 있었다. 신기한 마음에 하시시 박 작가님을 불러서 이것 좀 보라고 재촉을 하였다. 그런데 작가님은 이미 아이의 그림을 아카이빙하고 있었다. 하나둘 모아둔 아이의 그림을 찬찬히 들여다보니 꽤 근사한 포트폴리오가 만들어져 있었다. 물론 지극히 주관적인 부모의 시선이지만, 내게는 여느 명화를 감상하는 것 못지않은 깊은 몰입감과 무한한 상상력을 자극하는 그림들이었다.

개인적으로 소설가 무라카미 하루키의 에세이집에서 빼놓을 수 없는 인물, 일러스트레이터 안자이 미즈마루의 그림을 무척 좋아한다. 단순하고 무심하며, 어딘가 성겨 보이는 선들. 마음을 다해 대충 그렸다는 그의 작품들은 특히 인물화에서 빛을 발한다. 닮은 구석을 도저히 찾지 못할 정도로 간단한 묘사라서 꼭 해당 인물의 이름을 작게 써놓을 정도다. 하지만 미즈마루의 그림은 고유의 풍족감과 상상력을 안겨주면서 묘한 설득으로 독자의 눈을 사로잡는다. 꼭 거창할 필요도, 반드시 정확하게 묘사할 필요도 없다는 그의 느슨한 태도에 매료된달까.

우리 아이의 그림에서도 어떤 설득을 당했다. 이 세상에 정답이란 것이 존재할까? 그저 자유롭게 표현하고 즐기다 보면 진짜 나다움을 마주하게 되는 건 아닐까? 작은 질문들을 넌지시 던지는 것 같던 아이의 그림은 들여다볼수록 분명한 메시지가 담겨 있었다.

"이봐, 마음을 다 해도 대충 할 수 있고, 대충했다 하여도 보기에 얼마든지 좋을 수 있어."

불현듯 아이가 유치원에서 그렸다는 나의 얼굴이 떠올랐다. 얼굴의 형태는 일반적이었지만, 눈은 타오르는 마지막 불꽃처럼 파란색으로 표현되어 있었다. 우습기도 하고 황당한 마음에 아이의 선생님께 어찌 된 영문인지 여쭤보았다.

"시하는 반짝반짝 빛나는 아빠의 눈이 제일 멋있대요. 눈에서 별이 터지는 것 같다고 하네요."

괴팍한 성격의 소유자인 우리 작가님은 언제 작품을 훼손하려들지 모르니, 당장 구매를 해서 소장해야겠다. 두둑이 준비해둔 젤리면 충분하려나?

사연이 도착했습니다

안녕하세요? 저는 4살, 7살 아이를 키우는 사람입니다. 누군가에게 이렇게 사연을 보내려고 하니 여간 쑥스러운 게 아니네요. 그래도 용기내어 제 이야기를 조금 들려드리겠습니다. 저는 연예인이라는 직업을 가진 사람입니다. 앞서 말씀드린 대로 두 아이의 아빠이기도 하고요. 7살 아이는 남자아이고 이름은 시하, 4살 아이는 여자아이고 이름은 본비입니다. 두 아이들을 키우면서 몸이 고되기도 하지만, 무한의 사랑스러움으로 충전하며 열심히 키우고 있습니다.

저는 출퇴근이 따로 정해져 있지 않아 생활패턴이 많이 불규칙합니다. 그래서 일이 한창일 때는 아침에 아이들과 함께 눈을 뜨기가 굉장히 어렵습니다. 아침이 되면 두 아이들이 본인들의 방식으로 저를 깨우는데요. 둘째 아이인 본비는 온 힘을 다해 제 위로 점프를 해 저를 납작하게 만들곤 합니다. 제가 깜짝 놀라 몸을 움츠리면 "푸하하!" 하고 호탕하게 웃고는 사라집니다. 이런 걸 몇 번 경험하고 나니 아침이 되면 저도 모르게 가장 덜 아프도록 몸을 잔뜩 웅크리게 됩니다. 팔과 다리로 중요한 급소를 가리는 거죠. 그럴 때면 인간의 생존본능은 역시나 어마어마하다는 걸 깨닫게 됩니다.

그에 반해 첫째 아이인 시하는 항상 제 옆에 누워서 저를 꼬옥 안아줍니다. 이건 일종의 신호로, 본인을 안아달라고 사인을 보내는 거죠. 한참을 저에게 안겨 있다가 본인이 더 이상 버틸 수 없을 때 빠져나갑니다. 어느 날 평소와 같이 본비는 저에게 '파워어택'을 먹이고 사라졌고 시하가 스윽 다가와 저를 안아주었습니다. 저도 꼬옥 안아줬고요. 한참을 안겨 있다가 스윽 빠져나가는 게 느껴졌습니다. 그러더니 본인 몸만 한 인형을 제 품에 안겨주고는 그걸 안고 있으라 얘기하더라고요. 잠결에 시하가 시키는 대로 하였고 밀린 잠을 청했습니다.

뒤늦게 일어나 주방에 가서 하시시 박 작가님에게 오늘은 시하가 나에게 인형을 안겨주고 갔다는 얘기를 전했습니다. 안 그래도 아침에 작가님한테도 그 얘기를 했다고 하더라고요. 아빠가 혼자 누워 있으면 쓸쓸하고 심심할까 봐 인형을 줬다고요. 본인이 더 같이 있어주고 싶지만 그러지 못해서 미안한 마음에 인형을 안겨주었다면서요. 순간 울컥하는 마음이 들었습니다. 저의 쓸쓸함을 챙겨줬다는 고마움과 대견함보다는 너무 일찍 커버린 것 같고 제가 놓치고 있던 것들이 많았을까 봐 미안함이 밀려오더라고요.

아이들을 키우면서 그 친구들의 마음 씀씀이에 놀랄 때가 많습니다. 정작 부모인 저는 아낄 필요도 없는 마음을 아껴 쓸 때가 많은데 오히려 아이들이 어른인 저를 너그럽게 보살펴주고 있다는 느낌을 받을 때가 종종 있습니다. 삶을 살아가는 데 있어서 이만큼의 배움을 나에게 주던 존재가 있을까 생각해보니 지금의 배우자 말고는 아이들이 유일한 것 같아요.

그럼 모두 항상 건강 조심하시고요. 저도 다른 사연이 생기면 또 보내겠습니다. 모든 부모님들 파이팅!

비로소 맞이한 시간

오전 7시 10분이 되면 핸드폰 알람이 울린다. 뒤척일 겨를도 없이 벌떡 일어나서 옆에서 자고 있는 첫째 아이를 깨운다. 초등학생인 아이는 여태껏 한 번도 지각을 해본 적이 없음에도 불구하고, 조금이라도 늦게 등교하는 것에 무척 예민하다. 그래서인지 내가 "일어나야지, 시하야." 하고 기어가는 듯한 작은 목소리로 속삭여도 금세 눈을 비비고 일어난다.

새벽 어스름이 채 지지 않은 어둑어둑한 겨울 끝자락의 아침, 나는 시하를 침실에서 거실까지 에스코트한다. 요즘 시하는 미스터리한 이야기를 들려주는 오디오 프로그램에 푹 빠져 있는지라, 공포스러운 분위기와 감정에 상당히 몰입되어 있다. 본인은 절대 무서워서 그런 게 아니라고 하니 속는 척 정성껏 모시는 수밖에! 거실로 나온 아이는 가장 먼저 양치질과 세수를 한다. 꼼꼼히 로션을 바르고 옷까지 다 입으면 등교를 위한 기본적인 준비가 끝난다. 나는 그사이에 아이가 먹을 간단한 아침을 준비하는데, 빵부터 과일, 시리얼까지 다양한 메뉴를 물어본 뒤에 원하는 것으로 차려준다. 식탁보를 깔고 아이가 좋아하는 접시와 컵을 세팅해놓고는 물 한 컵을 급하게 들이켠다. 한동안은 건강관리 차원에서 따뜻한 물을 마셨는데, 개인적으로는 마른 목에 뜨끈한 것이 들어가는 기분이 썩 유쾌하지는 않아 지금은 그만둔 상태다.

등교 준비를 마친 시하는 내가 차린 간단한 아침을 먹으며 본인이 읽고 싶은 책을 읽는다. 식사 시간에는 식탁 위에 다른 물건을 절대 올려놓지 않는다는 우리 집만의 규칙이 있지만, 아침에는 종종 예외를 두기도 한다. 아직 잠이 덜 깨서 피곤할 법도 한데 굳이 책을 읽겠다는 아이를 보면 기특하기도 하고, 아이가 제법 잘 자라고 있다는 왠지 모를 안도감이 든다. 아이가 책을 읽지 않는 때엔 아이 맞은편에 앉아 이런저런 사소한 이야기를 나눈다. 대개 아이가 흥미를 느끼고 있는 것에 대해 이야기하기 때문에, 대화 주제는 매번 바뀐다. 그렇게 서로 의견을 나누다 보면 어느새 훌쩍 자라버린 아이의 모습을 실감하고는 울컥하기도 한다. 이런 뜬금없는 감정의 소용돌이는 아이를 키우기 이전에는 느껴보지 못한 종류의 것이라 아직도 적응이 쉽지 않다.

아침 식사가 어느 정도 마무리되면 마스크와 가방을 챙기고 나설 채비를 한다. 집에서 차로 30분 정도 이동해야 하는 초등학교에 다니고 있기에 7시 40분쯤엔 집을 나서야 지각을 하지 않는다. 차에서는 아이가 듣고 싶어하는 음악이나 미스터리 오디오 프로그램을 틀어주는데, 운 좋을 땐 아무것도 듣지 않고 대화를 하면서 간다. 내가 제일 기대하는 시간이다. 아이와 나만 아는 비밀 이야기가 오가는 은밀한 시간인지라, 글로 다 옮길 수 없는 게 참 아쉬울 뿐.

도로 상황에 따라 다르지만 보통 8시 10분에서 15분쯤 학교에 도착한다. 차에서 내리려는 아이에게 학교생활 열심히 하라는 인사를 세차게 건네며 온갖 긍정적인 기운을 가득 불어넣어준다. 이제 막 초등학생이 된 아이가 기분 좋은 상태에서 하루를 시작했으면 하는 마음에서다. 어쩌면 어릴 적 학교생활에 적응하느라 유독 애먹었던 나 자신을 아이에게 투영해서인지도 모른다. 부모 마음이야 다 똑같겠지만, 쓸데없는 노파심에 걱정과 응원이 자칫 걱정과 참견으로 번지지는 않을까 늘 신경 쓴다. 나와 아이는 분명 다르니 말이다.

집으로 돌아오는 차 안에서는 내가 듣고 싶은 음악을 한껏 크게 튼다. 아직 살짝 남아 있는 잠을 쫓아내기에 더할 나위 없이 좋은 방법이다. 8시 40분쯤 집에 도착하면 유치원 등원 준비를 하고 있는 둘째 아이와 인사를 하고 아내와도 인사를 한다. 영양제를 챙겨 먹고 나서 첫째 아이를 등교시키느라 미뤄뒀던 세수와 양치질을 한다. 에센스와 수분 크림을 곱게 펴 바르고 커피를 한 잔 내려 마시면 어느덧 둘째 아이가 집을 나설 시간. 집에서 그리 멀지 않은 유치원에 다니지만 올겨울은 유독 춥기에 차로 데려다주고 있다. 아이를 카시트에 앉히고 나면, 이번엔 아내가 운전석에 앉고 내가 조수석에 앉는다. 금세 유치원에 도착하고 정성을 다해 인사를 나눈다.

시간을 확인하니 9시 20분이 훌쩍 지났다. 아내와 같이 가까운 스타벅스로 향한다. 따뜻한 디카페인 아메리카노와 그냥 아메리카노를 한 잔씩 시켜 두고는 점심엔 무얼 해 먹을지 치열하게 고민하고 사는 이야기를 나눈다. 기다리고 기다리던, 가장 행복하고 즐거운 아침이 시작되는 순간이다.

우리 부부에 관한 글입니다.

좋은 날

비가 한참 내려서인지 하늘이 놀라울 정도로 멋진 모습을 하고 있었다. 이대로 감상만 하기에는 하루가 아깝다는 생각이 들었다. 무엇을 할까? 두 아이들과 손을 잡고 놀이터를 갈까? 아니면 바깥양반(하시시 박 작가)과 테라스가 근사한 카페를 갈까? 그렇지! 가족이 다 같이 산책을 해도 좋겠다.

한껏 들뜬 마음을 품고 검색을 하기 위해 핸드폰을 집어 들었다. 검색을 위해 포털사이트에 접속하자마자 첫 페이지에 '2단계'라는, 이제는 익숙하지만 무기력하고 한편으로는 섬뜩하기까지 한 숫자가 메인에 걸려 있다. 마치 "어딜 나가려고!"라고 눈을 부릅뜨고 꾸짖는 선생님 같았다. 뭔가 변명을 해야 할 것만 같았다. "어,

저기 그러니깐, 음… 죄송합니다!” 그래도 완벽하게 방역수칙을 지킨 채 산책 겸 기분을 전환할 만한 곳이 있지 않을까? 한편으로는 요즘에 그런 곳이 존재하기는 할까 하는 의구심도 든다. 어딜 가든 이 강력한 변화에 자유로운 곳은 없다. 내가 안심할 수 있는 곳은 그나마 집뿐인 것 같다. 아, 그래도 어딘가를 가보고 싶다. 그래, 진지하게 바다를 보러 가고 싶다. 나도 모르게 입꼬리가 실룩거리는 게 느껴진다. 이런, 벌써 설레다니!

들뜬 마음을 차분히 가라앉히고 담담히 창밖으로 펼쳐진 풍경을 보면서 상상을 하기 시작했다. 파란 하늘, 하얀 구름. 어디가 좋을까? 가장 이상적인 바다. 누구라도 무릎을 탁! 치며 ‘맞아! 거기!’라고 맞장구를 쳐줄 수 있는 곳. 단백질이 재합성되어 기억이라는 것으로 저장되어 있던 그곳에 콧! 콧! 자극을 주어 유일한 장소를 끄집어낸다.

작년에 다녀왔던 하와이를 떠올려본다. 따뜻한 온도에 달궈진 공기가 한가득 향을 품고 내 몸속 여기저기로 파고든다. 가벼운 옷차림을 한 사람들이 해변에 모여 수영을 하고 일광욕을 즐기고, 러닝을 가볍게 즐기고 있는 모습도 보인다. 앞에 펼쳐진 바닷가에는 아이들이 튜브와 씨름을 하고 물을 이겨내보려고 애쓰고 있다. 조심성이 많은 첫째 아이는 겨우 들어간 바닷물에 정말 어색하기 그지없는 모습을 하고 적응 중이다. 나름 애쓰고 있다는 걸 잘 알기에 그 모습이 귀엽고 기특한지 바깥양반은 연신 웃음을 터트린다.

옆에 놓인 차가운 레모네이드를 마시며 해수욕을 즐긴 나의 몸에 한숨 돌릴 기회를 준다. 오늘은 무얼 먹으면 좋을까? 어제 장을 봐온 게 있으니 숙소에서 간단하게 조리를 해서 먹으면 좋을 것 같다. 아직 아이들이 어려서 타국의 음식에 적응하지 못했기에 직접 요리를 해서 먹이면 좋겠다. 조금만 걸어가면 일본 식료품을 파는 곳이 있는데 한국의 식재료도 갖추고 있으니 혹시 부족한 게 있다면 그곳을 가면 될 거 같다. 아니지, 멀리 여행까지 왔는데 요리하느라 너무 많은 시간을 소비하면 아까울 것 같다. 아이들도 같이 먹을 수 있는 메뉴가

구비된 가까운 곳으로 식당을 알아봐야겠다. 그래 외식이다. 외식! 근데 여행 와서 밥을 사 먹는 것도 외식이라 할 수 있는 걸까? 뭐 그게 중요한 건 아니니깐.

아이들을 재우고는 바깥양반과 가볍게 산책을 해도 좋을 것 같다. 짧은 파타고니아 검정색 반바지를 입고 마트에서 산 하와이 에디션 스누피 티셔츠를 입고 나가야겠다. 여행 와서 바깥양반이 기념이라고 선물로 사준 옷이다. 이른 아침에 깜짝! 하고 받은 거라 더 의미가 있었다. 나는 그런 이벤트를 좋아하는 타입이다. 그렇지! 가까운 곳에 애플 매장이 있으니 아직 한국에 입고되지 않은 제품을 하나씩 구경하면서 에어팟도 하나 구매해야겠다. 돌아오는 길에는 하겐다즈 매장에 들러 초콜릿이 듬뿍 얹힌 아이스크림도 하나 먹어야지.

무엇보다 오랜만에 데이트를 할 수 있다는 생각에 기분이 너무 설렌다. 이번 여행에는 장인어른과 장모님도 동행한지라 안심하고 아이들을 맡길 수 있다. 모래에 앉아 너울거리는 시원한 파도를 보며 생각했다. 아,

행복한 날이다. 가만히 눈을 떠본다. 당연하지만 변함없이 우리 집이다. 지금 무엇을 기대하고 상상해볼 수 있을까? 이전과 같은 오늘을 맞이할 수 있을까? 그렇게 되지 않는다면 어떻게 되는 거지? 많은 것이 달라졌지만 변함없이 그래도 참 좋은 날이다. 그날의 하와이처럼 오늘도.

사랑라떼

초등학교 시절에 《느낌》이라는 청춘 드라마가 있었다. 당시에 인기가 많았던 모든 청춘스타들이 출연한 드라마로 손지창, 김민종, 이정재 배우가 형제로 나와 한 여자를 사이에 두고 벌어지는 사랑과 우정, 형제애를 다룬 내용이다. 모두들 이 드라마에 열광했는데, 흔한 사랑 이야기지만 극을 이끄는 배우들이 하나 빠짐없이 당시에 가장 반짝반짝했던 매력들을 발휘한 힘이 컸다.

아직 초등학생이었던 나는 설레는 사랑 얘기에 가슴이 두근거렸지만, 무엇보다 김민종, 손지창 두 배우의 듀엣곡에 환호하였다. 사실 드라마의 메인 테마송은 따로 있었지만 두 배우가 '더 블루'라는 프로젝트 그룹으로 발표했던 〈그대와 함께〉라는 경쾌한 노래가 더 사람들의 귀를 사로잡았다. 경쾌한 사운드의 이 노래는 두 배우가 사이좋게 한 소절씩 나눠 부르며 좋은 배분으로 4분이 꽉 채워져 있다. 어찌나 배분을 잘 하였는지 마치 한 사람이 노래를 다 부르는 것 같은 착각을 불러일으킨다. 요즘처럼 거창한 기교의 가창도 아니고 멜로디가 세련된 것도 아니었지만 전주가 시작하면 사람들의 가슴을 뛰게 하는 매력이 있었다. 아마도 가장 빛나는 두 청춘스타가 내뿜는 기운이 모두에게 전달된 게 아닌가 싶다.

인기가 좋았던 이 곡은 드라마가 방영되면서 메인 테마송을 제쳤으며 지금까지도 사람들은 드라마 《느낌》을 떠올리면 자연스럽게 〈그대와 함께〉라는 노래를 떠올리게 되었다. 어쩌면 이제는 드라마보다도 이 노래가 모두의 기억 속에 남아 있기도 한 것 같다. "그대여- 나의 눈을 봐요"로 시작해 "언제까지나"로 마무리되는 가사는 시작과 끝만 봐도 노래의 전체 내용이 파악되는 놀라운 작사를 보여준다. 두 배우의 가창은 적절하게 애절함과 애틋함을 표현하며 설레는 사랑을 정확하게 목소리로 표현하였다.

어린 나의 마음이 왜 그렇게 사랑을 원했는지 모르겠으나 끊임없이 이 노래를 흥얼거렸다. 수많은 듀엣곡이 발표되었지만 아직도 이만큼 듣기에 좋은 노래는 찾기기가 힘들었다. 지금도 무언가 설레고 싶을 때면 플레이 리스트에서 재생 버튼을 누르고 〈그대와 함께〉를 듣게 된다.

“그대여- 나의 눈을 봐요. 그대의 눈빛 속에 내가 들어갈 수 있도록…”

아직도 사랑은 이런 거겠지?

에필로그

이 책이 나오기까지 매달 꾸준한 글쓰기를 가능하게 해 주신 매거진 《책 Chaeg》 편집장님, 에디터분들 감사합니다. 편집된 글을 보며 조금 더 나은 글쓰기를 할 수 있는 소중한 배움까지 주셔서 더욱 감사드립니다. 《우리 가족은 꽤나 진지합니다》부터 《괜찮은 어른이 되고 싶어서》까지 게으른 작가 때문에 고생하시는 지원 씨, 윤정 씨, 더퀘스트 출판사 여러분 덕분에 제가 독자분들을 만나게 됩니다. 다음 책은 조금 더 빨라질 수 있겠죠? 끝으로 이 책을 읽는 여러분들, 가장 개인적인 문제가 결국 사회적 담론일 수 있다는 생각으로 다 같이 연대하며 언제나처럼 치열하게 잘 지내보아요. 우리 가족 사랑합니다.

2023년

괜찮은 어른이 되고 싶어서

초판 발행 · 2023년 5월 10일

지은이 · 봉태규
발행인 · 이종원
발행처 · (주)도서출판 길벗
브랜드 · 더퀘스트
출판사 등록일 · 1990년 12월 24일
주소 · 서울시 마포구 월드컵로 10길 56(서교동)
대표전화 · 02)332-0931 | **팩스** · 02)323-0586
홈페이지 · www.gilbut.co.kr | **이메일** · gilbut@gilbut.co.kr
대량구매 및 납품 문의 · 02)330-9708

기획 및 편집· 김지원(jwkim@gilbut.co.kr) 허윤정(rosebud@gilbut.co.kr) | **제작**·이준호, 손일순, 이진혁 | **마케팅**·한준희, 김선영, 이지현 | **영업관리**·김명자, 심선숙 | **독자지원**·윤정아, 최희창

표지 사진· 하시시 박
디자인 · 이정헌
CTP 출력 및 인쇄 · 예림인쇄 | **제본** · 예림바인딩

· 더퀘스트는 (주)도서출판 길벗의 인문교양·비즈니스 단행본 브랜드입니다.
· 잘못 만든 책은 구입한 서점에서 바꿔 드립니다.

ISBN 979-11-407-0411-8 (03810) (길벗 도서번호 040145)
정가 16,800원